寫給你的那一個故事

A Gift For You

願有一天，
喜歡上任何一個人
都不再需要勇氣。

希澄

很多年以後，再見到溫歆，那句纏繞心扉的話，倏然扎進了心裡。

——妳只愛妳自己，白又晨。

第一章

有些人，說不準哪天會寃家路窄、狹路相逢，至少，我沒想過會再見到溫歆，而且還是在客戶朋友的婚禮上。

我舉杯與客戶同飲，觥籌交錯間，笑語朗朗時，餘光瞥見一旁的身影，我拿著酒杯的手頓時一顫。

酒灑出了一些，我放下酒杯，心跳不由自主地加快。

匆匆收回視線，幾乎將我這幾年的自以爲是打碎一地。我深吸口氣，拿張紙巾擦拭手背，邊跟客戶談笑風生，心思卻已經飄遠。

認錯人了？

我心裡這麼想，入耳的賓客笑語聲，卻逐漸變成一片嗡嗡聲，讓我不自覺想起那幾年的夏天，總是蟬聲唧唧，一陣又一陣，迴盪校園。

我將擦拭過的紙巾放在桌上，跟客戶說了句：「我去趟洗手間。」便站起身走出宴會廳。

走過賓客簽到處時，我停了一下，可最後，還是沒有勇氣上前翻看簽到冊。

我輕吁口氣，走到陽臺觀景區，想讓腦袋冷靜一下，風迎面撲來，我有些失神。

溫歆不該在夏日來的，那麼在燥熱的風中，我就不會想起她了。

一旁忽然飄來一股菸味，嗆得我回過神，幾位男士正在抽菸聊天，我才注意到自己走到了吸菸區。

我輕咳幾聲，被迫離開陽臺，但菸味已沾染全身，我思忖著不能這麼回去，渾身菸味坐在客戶旁邊十分失禮，於是我走向洗手間。

五星級飯店的裝潢風格，似乎什麼都得高大上，不只宴會廳寬敞華麗，連洗手間也金碧輝煌。雖然身爲平面設計師，但以個人的審美，我對這棟建築物的內裝還是參不透。

嘩啦嘩啦……

聽見水聲，我抬起頭，往鏡中隨意一瞥，瞬間一怔。

兩個水龍頭的間隔，便是我與溫歆重逢的距離。

溫歆的視線，在鏡中與我對上。

我怔怔地看著她，那張沒有太大變化的清麗面容，讓我的心臟彷彿要跳出胸口般難受。

倏地，我想起曾在她眼中見過的星光熠熠，以及我們談過的遠方。每當談起遠方時，溫歆的眼裡總有星辰。

我這才發現，原來我沒有眞正遺忘過這些事。

我僵硬地低下頭，打開水龍頭任清水流下。

儘管垂著頭，我的餘光仍有溫歆的身影，感覺到她走近，我的呼吸一凝。

有些人在分開時，便不曾想過會再次遇見。

溫歆停在我的右側，我不敢妄動，假裝沒注意到她，關上水龍頭，擠了些洗手乳在手上。

這大概是我繼小學的洗手大賽之後，再次這麼認眞地洗手。

聽到紙巾被抽下的聲音，我才發現自己站在一個不太妙的位置。是一個溫歆必然會經過的地方。

紙巾的摩擦聲極小，可對我而言，震耳欲聾。

我不可能一直這麼搓洗著手，只能再度打開水龍頭，將指縫間的泡沫仔細沖淨。

溫歆的聲音，伴著流水一同傾瀉。

「我發現，有些事情終究會改變的。」

在聽到溫歆一如既往的細柔嗓音時，我怔忡，不自覺抬起頭，注意到她的鼻尖微皺。

那是她聞到菸味時，會有的微小習慣。溫歆是極度討厭菸味的人。

我微張開口，卻發現喉嚨發不出聲音。

溫歆給了我一個無所謂的笑容，將紙團扔進垃圾桶，走出洗手間。

不知道為什麼，我第一個反應是想跟她解釋，身體比腦袋更早做出反應，我三步併作兩步追了出去。

然後，我明白了她說的那句話是什麼意思。

溫歆說，有些事情終究會改變的——在我看到男人那雙黝黑大手握住溫歆白皙的手，並肩走進宴會廳時，我明白了。

我垂下雙肩。

自己到底在做什麼……當年都沒有解釋了，現在又想解釋什麼呢？

溫歆也不需要我的解釋了。

我走回洗手間，整理好儀容後，才回到宴會廳。

當我一坐到位子上，帶我來的客戶趙蔓容女士便抱怨我是不是跌進馬桶裡，還誇張地加了一個掩鼻的動作。我瞪她一眼，要她別在餐桌上說這種話。

趙女士大笑幾聲，又風風火火地把我從座位上拉起，「帶妳認識一個人。」

對於趙女士的唐突行徑，我見怪不怪，雖然一頭霧水，仍任她拉著走。我與她穿梭在圓桌間，一陣左躲右閃後，她終於停下腳步。

趙女士挽著我，將我介紹給面前身穿白色洋裝，妝容精緻的女人，「康經理，這是我跟妳提過的設計師，白又晨。」

語末，趙女士看著我，眉彎眼笑，「又晨，這是康經理，我很好的朋友，妳可要好好把握！」

後來趙女士似乎又說了些什麼，但我一個字都沒有辦法聽進去，僵直著身體，目光落在康經理身邊的下屬——那是溫歆。

十年前溫歆曾告訴我，十年後她想以創作為生，寫劇本也好，寫小說也罷，只要與文字創作有關，她都想試一試。

談起未來、談起夢想時的溫歆，眞的很美。

十年前的我，這麼告訴她：「那我要當設計師，妳未來出版的作品就由我一手包辦！」

十年，終究是太長、太長了。

✦

婚宴結束後幾日，趙女士打電話來告訴我，康經理相當喜歡我那日為新人設計的喜帖，看過我的作品集後，更加確定了合作意願。

「如果妳也有意了解細節，可以直接到康經理公司一趟。」趙女士在電話中如此說。

我當然有興趣，任何設計案我都很樂意嘗試，只是想到溫歆，我便沒有貿然答應下來。

掛上電話後，我走出房間，紀晏恩恰巧從外頭回來，手中還提著兩包菜。我走上前，拿起其中一包，發現袋子意外的沉。

我低頭一看，眉梢微抬，「妳是最近工作壓力大還是怎樣？也買太多酒了！」

紀晏恩聳聳肩，一邊走進廚房一邊說道：「誰叫某人週末參加婚禮回來後就悶悶不樂到現在，我打算灌醉她，讓她自己跟我坦白。」

我本來以為自己應該將情緒隱藏得很好，忘了紀晏恩可是我的大學室友，同住至今從未分開過，要瞞過她的眼睛實在太難了。

我哎了聲，跟在她後面打趣道：「妳既然知道我可憐兮兮、委屈巴巴，就炒盤肉給我吃！」

紀晏恩彎腰拿出鍋子與鍋鏟，回過頭，鍋鏟直指我，彎唇一笑，「妳要是再說疊字，我發誓今晚就吃肉餅，妳當材料。」

我摸摸鼻子，識相地走出廚房，再捋虎鬚，等會兒怎麼死的都不知道。

坐到沙發上滑手機，可螢幕上的畫面怎麼也入不了眼裡，腦海中仍充斥著與趙女士的通話內容，以及婚禮上偶遇的溫歆。

對我而言，在婚禮上遇見溫歆不全然是壞事——身旁有男友的她，看起來過得很好。

那是一件很好的事，我也更加確信當初的想法並沒有錯。

我跟溫歆，終究是兩個世界的人。

「白白，去樓下買醬油跟雞蛋。」紀晏恩的聲音從廚房傳來。

我回過神，站起身，一邊埋怨她會買酒怎麼就不會買醬油，一邊趕緊出門，怕那鍋鏟眞會砸過來。

說起紀晏恩，她眞的是我此生遇過最奇妙的人。

大一強制住校時，我跟紀晏恩既是同班同學，也是同寢室友，但會跟她熟稔起來，是從一根雞腿開始。

開學第一天，班上第一次開班會，系上給每人發一個雞腿便當，讓我們開完班會後在教室吃或是帶回寢室。

女宿就在設計大樓隔壁，所以我便決定帶回寢室吃，紀晏恩也是。

我本來有些尷尬，想著在狹小的寢室裡該各吃各的，還是要與室友聊上幾句比較好……焦慮讓我的肚子跟著疼了起來。

吃了一半，我將便當放在桌上，這時紀晏恩站起身要走去廁所，從我旁邊經過時，忽然停下腳步。

我抬起頭看著她，她問道：「妳吃飽了？」

我愣了下，點點頭，接著紀晏恩說了一句我這輩子大概都不會忘記的話——

「那妳的雞腿可以給我嗎？」

那是開學第一天，我第一次與紀晏恩獨處，她跟我說的第一句話。

怎麼說呢……當下我實在太衝擊了，說不出其他的話，只好在紀晏恩走出廁所後將雞腿交給她。

雖然這件事實在很荒謬，卻也讓我跟紀晏恩就這麼熟稔起來。

至今我仍記得紀晏恩那剩下一堆蔬菜的便當，以及啃得精光的兩根雞腿骨頭。

「歡迎光臨。」

走進超商找了一圈，我拿了醬油與雞蛋去櫃檯結帳，順道買杯榛果拿鐵。

回到家，一開門便見到餐桌上的三菜一湯，以及斜躺在沙發上的紀晏恩。

她坐起身，看我手上拿著咖啡便道：「我就說吧，妳心情不好。」

我沒反駁，將醬油與雞蛋放妥，回到客廳坐在沙發上，拿碗夾菜，「也不算是心情不好啦……」

紀晏恩哼笑一聲，跟著動筷，「我認識妳幾年了？心情不好就喝偏甜咖啡的習慣，妳什麼時候改過了？」

我無語反駁，低頭扒飯，又聽到她悠悠接道：「……只是，很久沒看到妳買甜咖啡了。」

這麼想來，確實有一陣子了。

當初，我用雞腿與紀晏恩換來的可不只有友情的開端。

紀晏恩吃完我那根雞腿後，便拉著我走到宿舍樓下她的機車旁，遞給我一頂安全帽。

「呃，請問……」

「安全帽戴好。」紀晏恩扣上自己的安全帽，低頭牽車，「我帶妳去買個跟雞腿等價的東西。」

然後，我便這麼被她綁走，在一頭霧水的情況下，去了一條我壓根不會注意的小巷，以及一間絕不會走進去的小咖啡館。

在那裡，我品嚐到最美味的咖啡。

剛升大學的我，還無法從與溫歆的悲傷回憶裡走出來，所以當留著小鬍子的老闆問我想喝些什麼時，我點了一杯甜甜的榛果拿鐵。

一入口便驚豔不已。

一旁的紀晏恩頗得意地說：「這跟雞腿同等價值吧？我看妳桌上有杯冰咖啡，就想妳應該喜歡喝咖啡。」

那個下午，我與紀晏恩聊到捨不得離開，我說了許多過去的事情，除了溫歆。

再之後，設計系學業繁重，我逐漸忘了溫歆，也忘記那一碰就痛的傷口。

某天，紀晏恩經過我的書桌時，瞥了一眼，不知道是隨口還是有心地說道：「白白，最近好像很少看妳喝甜咖啡了？」

那當下我才意識到，原來時間是有可能沖淡悲傷的。不知不覺，我不再倚賴甜咖啡香甜的口味，去掩蓋喉頭的苦澀。

我其實不太喜歡甜咖啡，喜歡甜咖啡的人，是溫歆。

習慣，眞是一件很可怕的事情。

飯後，我與紀晏恩各自回房加班趕案件。

因爲假日去了趟婚禮，回來後又一直心神不寧，導致案件進度嚴重落後，這幾天不熬夜不行。而紀晏恩則是設計稿一直沒辦法讓案主滿意，整個人焦頭爛額。

於是，我們說好交件後再來個不醉不歸，有什麼話，到時再說。

我拿著榛果拿鐵坐到工作桌前，打開檯燈與筆電開始要趕案子時，注意到一封郵件通知。

趕件時，我通常會先擱置郵件，待工作告一段落後再處理，可在瞥見寄信人的姓名時，我立刻拿起手機。

寄件人是康玫玟，就是那日婚宴上趙女士介紹我認識的康經理，也是溫歆的上司。

婚宴結束後，趙女士叫了車，邀我一起搭車，我原本客氣地婉拒，但趙女士再三邀請，盛情難卻，最終我還是上了車。

向司機大哥報了地址後，我與趙女士便在後座閒聊。

趙女士告訴我，康玫玟經理是不可多得的人才，年紀輕、見識廣，最厲害的是，她曾用自己的產品行銷專業，挽救了一間瀕臨倒閉的公司，還讓該公司的業績逆勢上揚，穩定發展至今，在業界已是頗具名氣。

這次的合作機會，是康經理想將舊產品改版，重新定位客群，所以打算找新的設計師合作，將包裝做一系列的改革。

身爲設計師，能有這樣的機會，很難不爲此感到激動，而一直很肯定、很照顧我的趙女士比我還興奮。

「妳知道康經理跟我提這個想法時，我有多開心嗎？她問我有沒有合適的人選，我第一個就想到妳，要是這次機會妳有把握住，肯定會聲名大噪！」趙女士舉手投足間，仍是優雅而富氣勢的，而聊到這個話題，似乎又多了些少女的雀躍。

「我啊，最喜歡發掘潛力股，看到潛力股變成績優股，眞的很讓人高興啊。」

把我比擬成股票，讓我心情有些複雜……但見趙女士開心，我自然也是歡喜的，畢竟趙女士對我而言，並不是普通的客戶。

在與趙女士的聊天中，我大概知道康經理部門的工作性質，也間接知道溫歆現在的工作內容。

我沒有告訴趙女士，其實我與康經理的同事認識，但除了洗手間那極短暫的相遇外，我與溫歆實質上並沒有任何交集。

我想，無論是我，或是溫歆，大概都希望這次意外的重逢能船過水無痕，別再打擾彼此的生活。

是啊，只要我不接這個案子，我們就能如以往般各過各的。

可是怎麼辦呢……康經理深夜捎來的郵件裡，詳細記載了設計需求，以及對我的設計風格的感想，甚至做了一份精美的PPT供我參考。

老實說，接商案的這幾年來，這次的案子是我最感興趣的，案主也是最有誠意的一位。

瀏覽完附件，腦海已不受控地湧上許多想法，正在建構一份完整的提案。

我輕嘆口氣，向後靠著椅背，越是告訴自己不該接，越是感到可惜。

放下手機，揉著眉心，心裡搖擺不定。

我伸手拿過桌上的榛果拿鐵，味道與我記憶中的超商榛果拿鐵似乎有些不太一樣。

多喝幾口後，我想通了。

就算我接下這個案子，也不會改變什麼，因爲與我接洽和討論的人會是康經理，不是溫歆。

況且，我並不是要去康經理的公司任職，只是有合作關係，又能與溫歆有多少交集呢？

想到這裡，婚宴那天的溫歆，倏然映入腦海。

見到我，她仍波瀾不興，笑容無懈可擊，看不出半分動搖，再加上……那雙大手如此自然地握住她的手……我對她而言，其實可有可無了。

想明白之後，我便回信給康經理，答應接下這案子。

我一口氣將榛果拿鐵飲盡，打起精神，繼續將手邊的案子給結案。

那時的我並不知道，這個決定，將會改變我的人生軌跡。

康經理效率極好，當日就回信給我，我們約定下週在她的公司碰面。

週五我壓線完成手上的案子，將定稿交給客戶後，正式結案，晚上便去NENE CHICKEN買了一桶炸雞回來慶祝。

十一點，我跟紀晏恩窩在沙發上，一人一杯燒啤，各自抱怨工作上遇到的刁鑽客戶與廠商，大吐苦水實在過癮。

抱怨完一輪後，紀晏恩板起臉說道：「唉，我以後要是有小孩，無論是男是女，只要他說想讀設計系，我絕對把他扔進淡水河裡。」

我大笑不止，笑裡帶著點心酸，有時候眞的覺得當設計師後過的人生，實在太難了。但這世界上，又有誰是眞正輕鬆地活著呢？

「但如果我的小孩以後的發展奇遇跟妳一樣，那就另當別論了。」紀晏恩用手肘頂了頂我，饒富興味地說：「我們白又晨大設計師，看妳這幾天春風滿面的，是不是接了什麼大案子了？」

我瞪她一眼，喝了幾口燒啤，將康經理的合作案告訴紀晏恩。

她聽完驚訝得合不上嘴，又拉過我的雙手，認眞道：「白又晨，我沒辦法吸妳精氣，但妳的歐氣給我肯定是沒問題的。」

「……紀晏恩，妳講話不要這麼猥瑣。」尤其別用一張精緻高貴的臉，說著這麼猥瑣的話。

在宿舍雞腿事件前，我對紀晏恩的第一眼印象是，過目難忘。

紀晏恩的五官精緻、氣場冷涼，尤其那雙丹鳳眼相當迷人。不流於現下常見的韓系打扮與日系妝容，她給我的感覺，是內斂低調的歐美風，總覺得這種類型的人，只會在《超級名模生死鬥》之類的節目上看到。

不過紀晏恩的所作所爲，可是一點也不低調，跟她稍微熟悉一點後，她會更加顯露本性。

畢竟一個在宿舍更衣，脫得只剩內衣，還明目張膽揉捏自己的胸部，對著室友哀嘆「我全身上下，眞的只有這兩團肉不行啊」的人，不可能低調到哪兒去。

我當下眞想把她從寢室轟出去。

當然，在那之後我也有許多時候想把紀晏恩給轟出去，遠離我的視線、淨空我的眼睛，例如現在。

「紀晏恩，妳吃炸雞就吃炸雞，不要在那邊舔自己的手指，很髒。」

紀晏恩沒停下吮指的動作，朝我看過來，勾脣一笑，「不然妳的給我吸？」

「……吸哪裡，說清楚。」

我懷疑紀晏恩在開車，但沒證據怎麼辦？

「不過——」紀晏恩往空杯裡倒上梅酒，將其中一杯推向我，「妳上禮拜是怎麼回事？」

我接過梅酒，淺嚐一口，甜而不膩，冰涼順口，是我喜歡的味道。

我知道紀晏恩遲早會問，可我還沒想好怎麼告訴她。

二十幾年來，只有我父母意外得知我的性向，其他親朋好友，沒有一個人知道。包括紀晏恩，她也不知道。

對我來說，這是一件不想讓人知道的事。

我拿起酒杯，舉向紀晏恩，「妳猜。」

紀晏恩以酒杯輕敲我的杯緣，那雙美麗的鳳眼直瞅著我，薄脣微張：「妳大概是，遇見以前單戀的隔壁竹馬哥哥，發現對方不只結婚還有小孩，不禁覺得自己人老色衰，是個肝黑沒人要的潦倒設計師之類的。」

誰來給我解釋一下，剛剛紀晏恩到底說了什麼？我都忘了紀晏恩的腦迴路異於常人，不該將問題拋給她。

我叉了塊年糕，塞進紀晏恩嘴裡，「妳還是閉嘴吧。」

我輕嘆口氣，語帶保留地說：「妳只說對了兩個字，『以前』。確實是碰到以前認識的人，對方也的確有對象了。」其餘的，便沒必要再贅述了。

紀晏恩嚼著年糕，喝口酒，摸摸肚子，一臉心滿意足，「還有呢？」

我聳聳肩，「沒有了。」

「還眞是一個陳腔濫調的無聊故事。」紀晏恩站起身動手收拾垃圾與雞骨頭，「妳也眞是一個無聊的人。」

對於紀晏恩的直言不諱，我翻了個白眼，「眞是謝謝妳的誠實。」

「不客氣。」紀晏恩也沒在跟我客氣。她彎腰將紙盒與紙袋打包在一塊，挺直身時，目光看進我的眼裡，「那麼，妳還喜歡對方嗎？」

我微愣。

紀晏恩直直地看著我，那雙鳳眼認眞且平靜。

「我……不知道。」我遲疑著，心中也沒有答案，只能這麼回應她。

紀晏恩笑了聲，便將垃圾拿進廚房處理，而我坐在沙發上，呆看著桌上的酒瓶。我從來沒有想過自己是不是還喜歡溫歆。

當紀晏恩坐回沙發上，伸手拿酒杯時，我側頭看著她，低聲問：「妳覺得……什麼是『喜歡』？」

問題一說出口時，我立刻就後悔了，這種太過嚴肅、太過矯情的問題，實在不適合與紀晏恩討論。

當我想一笑置之說點別的事情轉移話題時，不經意迎上紀晏恩的目光，已然到舌尖的話語也跟著嚥下。

「『喜歡』是正確解，『愛』是唯一解。」紀晏恩說。

她的回答，讓我直到進了房間躺在床上後，仍不斷地去回想、去理解。

所謂的「正確」與「唯一」，難道不是一樣的嗎？正確解，時常也是問題的唯一解，不是嗎？

我不知道，也想不明白，就像紀晏恩問我，是不是還喜歡溫歆，我也答不上來。

喝了點小酒，我的思緒有些飄忽，每次工作結案後，身體總比腦袋更快放鬆下來，酒精也比平日更快讓人恍惚。

我開始想，在眾多賓客的奢華飯店裡，我只看見溫歆，這就代表我還喜歡她嗎？那樣的喜歡，也太過於虛無飄渺了。

我可以肯定地說，我在意溫歆，也因爲意外的重逢而心神不寧，但這完全是因爲溫歆嗎？還是，我只是不願回想起過去的事情，僅此而已。

「但不管怎麼樣，妳的喜歡與否，也不重要了，對吧？畢竟妳說對方有對象了。」紀晏恩又說。

這話我同意，也一遍一遍提醒自己，有些事早已不可同日而語。

眼下需要放在心上的，是康經理的案子，以及我得親自向趙女士道謝才行。

我拿起手機，給趙女士傳了一則訊息，讓她明天晨跑或晨泳前若有使用手機再回覆我。

我躺在床上看著天花板，忽然想起那年夏天。

我是在升大三的那年暑假，認識了趙女士。

趙女士是第一位與我簽下正式商業合約的客戶，這對我來說，意義非凡。

長達兩個多月的暑假，我父母把我塞到認識的朋友經營的工廠實習。說好聽一點是去學習，說直接一點，是兩老嫌我暑假在家太廢，要我去找點事做。

一開始我有些不情願，但知道對方願意支薪後，便想著這樣也好，畢竟大四的畢展很燒錢，我需要存一些錢做準備。

我便是在打工期間認識趙女士的。

還記得工廠主任向我介紹趙女士時，看著眼前身材保養得宜，身穿剪裁俐落套裝的女子，我以爲她只大我幾歲，於是喊了聲「姊姊」。

這麼一喊，趙女士笑得合不攏嘴，「估計我都可以當妳媽了，小朋友。」

後來我才知道，趙女士長我二十歲，我剛認識她時，她女兒大約小四、小五的年紀，現在差不多升高二了。

這幾年，趙女士的變化不大，仍是丰采迷人、風韻猶存，有許多年紀相當的老闆或職場菁英，都向趙女士示好過，不過趙女士沒有跟誰有更進一步的來往。

我想，多少與她唯一的愛女有關吧。

正這麼想時，手機一陣震動，我拿起一看，有些愣住。

我是想親自向趙女士道謝，卻沒想到會被抓來吃早餐，還是在趙女士的女兒盧亦悅上學前的這個空檔。

七點半，我準時抵達盧亦悅學校附近的早午餐店，發現與我想像的有些落差。

早午餐店裝潢新穎，原木色與白色的簡單設計，給人溫暖清新的日系感，在這一帶算是少見有質感的早午餐店。

「這裡不錯吧？剛開幕的時候，我就想哪天一定要找妳來吃吃看。」我一坐下，趙女士便歡快道：「擇日不如撞日，剛好悅悅也在。」

我看向盧亦悅，她朝我禮貌一笑，喊了聲「晨姊姊」，便低頭繼續將盤裡的早餐吃完。

我的餐點剛到，盧亦悅便揹起書包準備去學校上課。她站起身時，我其實有些驚訝，沒想到她長那麼高了。

盧亦悅走後，我不禁感慨，「亦悅不愧是妳的女兒，個頭好高啊。」目測至少有一百六十五公分了吧？

聽到有人讚美她的愛女，趙女士神采飛揚，滿臉驕傲地說：「當然，她可是我生的！只是我希望她不要再長高了，長點肉比較好。」

估計盧亦悅聽到這話臉會黑一半，有哪個女生希望自己往橫向發展的？不過看趙女士現在這般風韻猶存的模樣，似乎也不太需要擔心盧亦悅了。

外表像趙女士自然是極好的，只是個性如果也像……

我抿了抿上揚的脣，一面切開盤中的歐姆蛋，一面問道：「亦悅最近過得好嗎？」

本來是隨口一問，沒想到趙女士忽然放下刀叉，認眞且嚴肅地看著我，「這也是我今天找妳來的原因之一。」

聞言，我不禁有些屏氣凝神，「怎麼了嗎？」

「我發現，不能讓悅悅認識妳室友，不然她很有機會被扔到淡水河裡。」

「啊？」原諒我難得早起，腦袋尚未開機，她的話我眞的沒聽懂。

趙女士哈哈大笑，繼續吃著沙拉，「悅悅似乎也想跟妳一樣，當個設計師。」

我失笑幾聲，我確實對趙女士說過，紀晏恩的「讀設計的小孩都該扔淡水河」這番玩笑話，「亦悅自己跟妳說的？」

「也不算，做媽媽的多少會感覺到女兒的心思。」提及此，趙女士面帶笑容，歡快道：「她告訴我，這次班上的園遊會視覺設計，由她當統籌。」

我有些驚訝，又為盧亦悅感到高興，「那很厲害啊！」

「但問題是，悅悅哪有什麼正式的設計經驗。」趙女士搖頭笑嘆，「我也是最近才發現她對設計特別有興趣。妳也知道我的個性，一向都是放手讓小孩自己去探索，想幹麼就幹麼，我又不是負擔不起。但沒想到晃了一圈之後，這小孩竟然選了設計！她老媽哪懂設計啊！」

趙女士的專業是投資，終日與數字為伍，確實沒有設計相關背景。不過，這並不代表她不懂審美，反之，我一直認為趙女士眼光獨到，深具美感。

想了一下這前因後果，我便問道：「所以，妳是希望我跟亦悅分享一些設計上的經驗？」

「正是！我就是想用一頓早午餐收買妳當悅悅的設計顧問！我就是惡老闆沒有錯！」

我大笑。趙女士直來直往又颯爽的個性，讓人很難不喜歡。

趙女士看著我，「我也很好奇，妳是從什麼時候開始有想走設計這一行的念頭？」

我愣了一下，想到十年前的自己。

「大概……也是在亦悅這個年紀吧。」我微笑回道：「當時只是覺得『設計師』聽起來很酷。」

趙女士笑我庸俗，太過老實沒有夢想的情調。我一笑置之，扯開話題與她聊起康經理，直至九點她接到廠商電話我們才解散。

我坐回車上，並未馬上驅車離去，而是降下車窗，看著學校的圍牆發呆。

直到今日，我仍記得溫歆跟我說過的話。

「其實我寫作並沒有什麼偉大的理由與理想，很多時候，我只是為了一句話、一個畫面，而去寫一本書。」

年少的我在聽到她這麼說後，也跟著說：「那我去念設計的理由，就是為了妳一個人。」

「……妳好油膩啊，白又晨。」溫歆不解風情地吐槽我。

我白她一眼，她抱了過來安撫我，叨叨地說著：「以後我寫書、妳設計，我們會不會餓死啊……」

我大笑，「那我們就去買輛露營車，可以睡又可以到處玩，多方便啊……反正有妳在，無處不是家。」

溫歆看著我，輕聲道：「以後，我們都要做著自己喜歡的事情。」

可是，溫歆沒有告訴我，如果那天沒有來臨，怎麼辦？

✦

週三，我依約抵達康經理的公司。

一進大樓準備與櫃檯保全換證時，便見到不知等候多久的康經理迎面朝我走來。

「又晨。」

見到康經理我很驚喜，趕緊打招呼：「康經理，妳怎麼在這？」

康經理失笑，帶我搭上電梯，「當然是下來接妳的，不然等外送嗎？」

我不禁思索起這個可能，還認眞問了她，是不是等會兒眞的有外送員？她愣了下，笑彎了腰。

「我的天啊，妳太可愛了，難怪蔓容那麼喜歡妳。」康經理邊笑邊說。

我摸摸鼻子，覺得自己做了蠢事……當電梯抵達七樓後，我突然有些緊張。

我眞的來到溫歆所在的辦公室了。

「別緊張。」走在前頭的康經理，撥了下及腰的褐色柔順長髮，「今天請妳來一趟，是我認為有些細節當面談過會更好，然後——」

康經理推開一旁會議室的霧面玻璃門，我往裡頭一看，呼吸一凝，乾淨明亮的小空間中，溫歆正坐在裡面。

「又晨，請坐。」康經理拉開椅子，朝我偏頭一笑，「再次謝謝妳今天願意來一趟。跟妳介紹一下，這是我們的小組長，溫歆。這次的專案溝通，會有大半是由她跟妳聯繫。」

我坐了下來，心亂如麻。

「您好。」溫歆清亮的嗓音傳來，唇角弧度無懈可擊，「我是溫歆，之後會由我跟您溝通專案的內容，請多指教。」

話落，溫歆將名片遞給我，我小心翼翼地接過，不讓指尖碰觸到溫歆，我怕會被溫歆發現，自己的手掌正在發燙。

收下溫歆的名片，心跳快得彷彿要跳出胸口般難受。

上班模式的溫歆，妝容比婚宴那天淡一些，面容清雅，俏麗的短髮燙了小細捲，多了幾分法式優雅。

現在的溫歆，哪裡還有高中時的稚嫩青澀呢？

康經理開始談起案子，我也進入工作狀態，要拿出絕對的專業，才不愧對我的工作。

聽著康經理的說明，我拿出平板在檔案上加註與筆記，初步確認雙方對於設計的總體方向與風格之後，康經理便起身走出會議室拿合約，留下我跟溫歆。

康經理離開後，我感到有些喘不過氣，不敢去想，溫歆到底會怎麼看待我？

雖然知道自己對溫歆來說就是一個活在過去的人，沒有任何分量，可我沒想到今日之後的來往，會由溫歆負責。

這種尷尬的局面，是我一手造成的，總覺得我應該負起責任，於是鼓起勇氣，佯裝自然地開口：「那個……需要給妳我的聯絡方式嗎？」

溫歆轉頭看著我，面色不改，淡淡道：「需要，畢竟我刪了。」

「……好，我再寄信給妳。」

我這個人眞的很怕尷尬，所以大學時拚命點滿社交技能，就是爲了避免各種尷尬。但現在面對溫歆，那些社交技能完全無用武之地，我只能任由場面持續尷尬下去。

幸好，康經理很快就回到會議室，她看了我們一眼，沒多說什麼，將合約遞給我，「妳回去看看有沒有需要修改的地方，沒問題的話，我們兩週後正式簽約。」

我收下合約，道謝後，起身打算離開，康經理便讓溫歆送我下樓。

我跟溫歆一前一後地離開辦公室，在等電梯時，我聽到一聲極細微的嘆息。

那聲嘆息，繚繞心頭，狠狠地、緊緊地纏上。

進了電梯，溫歆說道：「撇除私人因素，我是欣賞妳的設計的。」

我有些訝異地看著溫歆，她只是盯著電梯按鈕繼續說：「妳的作品風格，大膽明亮，卻又可以簡單、高雅，風格多元到讓人咋舌。」

我這是……被溫歆稱讚了嗎？

抵達一樓後，溫歆與我保持一人以上的距離，盡責地送我到門口。在我走出大門，轉身欲向她道謝時，不禁愣住。

溫歆凝視著我，臉上毫無笑意，目光冷涼，眼中彷若有一絲哀傷。

這個眼神，在七年前的夏天，我見過。

溫歆的低語，乘風而來，拂進我心裡。

「妳的作品多元到讓人捉摸不透，像妳的人一樣，我似乎……從未眞正認識過。」

我站在原地，看著溫歆走回辦公大樓，感受入秋的涼風一陣又一陣吹來。

拿出口袋中的名片，上面印著溫歆的名字，以及她的職稱，是行銷企劃。

溫歆說，她覺得自己從未眞正認識我；我也同樣不明白，她爲什麼大學畢業後會走上行銷企劃的路。

杵了一會，我邁步離開。

✦

那日答應趙女士後，我便利用零碎的時間更新了作品集，準備分享給盧亦悅。

在整理這幾年的設計作品時，我彷彿見到時光流動的痕跡。

溫歆說，我的風格多元，其實並不是這樣的，我只是……不知道自己眞正喜歡的是什麼，所以每種風格我都會去嘗試，沒有所謂的舒適圈，每次的設計都是新的挑戰。

我走上設計一途的初衷是爲了溫歆，我想爲她未來的出版著作做包裝設計。但與溫歆分開後，我便沒有了設計核心。

這可能不是一件壞事，至少我因爲沒有個人的堅持，所以遇到任何客戶跟廠商，我的設計都可以迎合對方喜歡的樣子。

前衛的、保守的、簡約的、優雅的……我什麼案子都接、什麼都做，沒有侷限。我沒有自己的風格、自己的形狀，不能稱爲是一名合格的設計師。

這樣的我，反而問起了初萌設計想法的盧亦悅。

「妳爲什麼想學設計？」

提起「設計」二字，盧亦悅本來有些羞赧靦腆的神色轉而一亮，神采奕奕地看著我。

「我想用我的設計，讓這個世界認識我，知道我是什麼樣的人。」

那瞬間，我想起了溫歆，想起她在夢想這條道路上，總是走在我前面的模樣。

那時的溫歆，無所畏懼地大步向前。

那時的溫歆，眼裡有光，像盧亦悅一樣。

我看著盧亦悅那張高中生才有的青澀面容，輕聲道——

往後的每一天，妳一定要一直、一直對自己這麼說。

若有一天，妳迷失了，那麼現在的妳，便是未來的妳最好的方向。

第二章

我跟盧亦悅約在路易莎，討論這次她爲班上園遊會設計的主視覺。

我其實很高興，她是有備而來，並非兩手空空來聽我上課。

一名高中生的創意，可以多驚人呢？我翻著盧亦悅忐忑遞來的稿件，不禁嘖嘖稱奇。

太有趣了！一個不大的班級攤位，一張A5大小的宣傳單，滿滿都是高中生充滿力量的創意發想。我一邊翻閱，忍不住微笑。

雖然這些視覺設計並不完美，我可以從中挑出許多有待改進的地方，但這樣的創意與能量，眞的讓人看完充滿驚喜。

我見盧亦悅神色不安的模樣，想了一下，便道：「妳願意一張一張地跟我分享妳的設計理念嗎？」

話落，盧亦悅驚訝地看著我，露出笑容，「可以嗎？妳願意聽我說嗎？」

我失笑，趕緊要她現在開始分享，不然可能無法讓她四點準時離開路易莎。

於是，盧亦悅將設計圖一張一張地展示在我的面前，難掩興奮地向我說著自己畫這些設計圖時，小小的腦袋瓜都在想些什麼。

我在一旁聽著，不禁心想，即便我們身處同一片土地，從各自的雙眼看出去，便是不同的世界。

「我想了很多種主題，還有呈現這些主題的方式，不知道是不是因爲想法很多，反而看上去很雜亂，沒辦法抓住別人眼球的感覺。」

盧亦悅的懊惱，我大概能理解。我選出其中一張風格溫馨的草圖，與另一張風格大膽、用色強烈的草圖，將兩張放在一起。

「妳記得妳是爲了園遊會而設計的嗎？」我問。

盧亦悅點點頭。瞧她認眞的模樣，我微微一笑，繼續說：「園遊會當日會有校外人士來參加，會看見妳的設計的，不只校內學生，還有校外的家長、鄰近學校的師生等等。」

盧亦悅凝視我，眼裡有些許困惑。我接道：「所以，不是每個人本來就認識二年七班，這樣妳理解我的意思嗎？」

盧亦悅恍然大悟，點頭如搗蒜，「我沒想到這點……」

「妳的想法很多，這是件好事，只是妳要知道妳的設計是爲了呈現什麼。」我繼續打比方，「如果今天我們要很快地了解一本書在寫些什麼，我們會先看封面，再看書籍簡介，對吧？視覺設計也是一樣的道理，妳必須要讓人一眼就知道這個攤位的特色是什麼？想呈現什麼？我可以在這裡獲得什麼？妳的設計不能脫離這些概念。」

我沒教過人，也沒帶過課，不確定能不能好好地將自己的想法傳達給盧亦悅，但我很開心她願意積極地跟我討論想法，以及之後的修改方向。我也從一來一往的腦力激盪中，得到很多的靈感啓發。

時近四點，我出聲提醒她差不多該離開了，她連忙收起草稿，頻頻向我道謝便起身準備離開。

「需要我載妳去補習班嗎？」我問。

「沒關係。」盧亦悅指著外面，難掩笑容地說：「我同學來找我，我跟她一起去就好，謝謝晨姊姊。」

我順著盧亦悅手指的方向望去，確實見到一名身穿體育服的女孩朝我們這裡揮手，而盧亦悅也開心地揮了下手，便匆匆離開。

我邊喝著橘皮拿鐵邊想，沒想到在我面前那麼靦腆安靜的盧亦悅，在同學面前會笑得那麼開朗。

上次聽趙女士說，是她讓盧亦悅去補習班試聽的，我本來還有點擔心盧亦悅會不會不想去補習班？現在看來，我的擔心是多餘的，去補習班的盧亦悅，看起來比去學校上學還快樂。我搖頭笑嘆，眞是想不透現在的高中生在想些什麼。

過了一會，結束與客戶會議的紀晏恩坐計程車到路易莎門口與我會合，我們便一起到餐酒館吃晚餐。

點完餐後，紀晏恩冷不防地說：「怎麼樣?當一下午的『白老師』開心嗎？」

我白她一眼，險些沒忍住把叉子扔過去的衝動。

「我說過，那是趙女士的女兒，我只是去分享，不是去教課！」

「是是。」紀晏恩顯然不想聽我解釋，饒富興致地說：「如何？」

「其實……滿有趣的。」

我將下午的事情告訴了紀晏恩，她舀了口燉飯，似乎想起些什麼，話音有些輕。

「快樂地畫設計圖啊……對我來說已經是好久、好久以前的事了。」

紀晏恩看著我，視線又似是不在我身上，薄唇微張：「要好好把握還可以快樂畫設計圖的時候，如果可以，最好是不要忘記。對了，妳下次應該告訴盧小妹妹，我們設計系的名言。」

「妳說『穿著腳鐐跳舞』？」

「嗯哼。」紀晏恩看似漫不經心地說道，「她已經高二了，而且幾乎確定要讀設計系，至少先讓她有點心理準備。」

比起我，紀晏恩說起這些話更加有說服力。

單談「設計」，我跟紀晏恩的理念與際遇是截然不同的，只因紀晏恩與我是完全不同類型的設計師。

我善於迎合他人的喜好，把自己的作品捏成別人想要的形狀，紀晏恩則有自己的堅持，不輕易退讓。

她的設計之路比我更加坎坷與難熬，大學期間，憂鬱症與躁鬱症纏身好一陣子，她過得相當辛苦，甚至一度想休學。

而當時，作爲她的好友，我卻無能爲力。

我無法體會紀晏恩的堅持，是因爲我沒有理念、沒有核心，我可以做出優秀但沒有靈魂的作品，紀晏恩則不然。

系上的教授曾經說過，我是「擅長」成爲設計師的人，紀晏恩則是「一定要」成爲設計師的人。

紀晏恩有理想、有抱負，而我沒有。

我佩服她，她也尊重我，我們無法相互扶持、無法互相理解，但我們都沒有放棄設計。

這是我們最大，也是唯一的共通點。

或許是太久沒有喝酒精濃度高的調酒，一走出餐酒館我感到有些暈眩，到家後紀晏恩笑我長了年紀沒長酒量，我實在太睏，僅撂了句「明天妳就完蛋了」就回房躺平。

我躺在床上，腦袋暈乎乎，拿起手機一看，通知欄有幾條消息，還有幾封郵件。

其中一封郵件是溫歆寄來的。

我點開，見到開頭那句「我是溫歆」，不知怎麼地，鼻頭有些酸。

喝酒後，是不是容易情緒氾濫？

那封信簡單明瞭，大抵就是提醒我之後要再去公司一趟正式簽約，並會支付我第一階段的訂金作爲擔保。

這次合作由趙女士介紹，又有溫歆，我並不擔心會被吃豆腐，我眞正擔心的，是不知道自己該怎麼拿捏與溫歆相處的分寸。

該說什麼，又有什麼是不該說的，想說的每一句話，我都忍不住再三斟酌，這樣對溫歆來說合適嗎？

我甚至不知道自己對她的在意，是出自於愧疚？抑或是別的。

我嘆口氣，放下手機，閉上眼，希望酒勁趕緊緩過，卻徒勞無功，反而讓我想起第一次喝醉的自己。

那是一個平淡又無聊的理由，並不是因爲我失戀……雖然我當時已與溫歆分開一段時日，但那不是我大醉的理由。

升上大學後的第一個跨年，我臨時被抓去聯誼，本來答應要去聯誼的不是我，是因爲急性腸胃炎進了急診室的紀晏恩。

聯誼場合除了我以外，還有其他同校的幾位女生。在這些人之中，有一個人特別像溫歆。身材像、眉眼像，但我知道那不是溫歆。

女孩長得可愛清秀，聯誼過程中我感覺到她跟我一樣，都是被抓來湊數的。我注意到對面的男生們有人對她特別有好感，拚命邀酒。

看到女孩臉上的難為，我嘆口氣，去了趟洗手間，回來就跟那名女孩旁邊的同學換位子，出手幫她擋酒。

這是沒有任何意義的舉動，但我還是做了。

為避免場面尷尬，我盡量讓自己維持良好的社交狀態，盡量健談又風趣，將酒一杯一杯地喝下去。

我一邊喝一邊想，這真的沒有任何意義，可只要一想到，如果現在感到為難的人，是溫歆呢？

我沒有辦法置之不理。

聯誼結束後，那名女孩順理成章地照顧我，既有道義又能擺脫男生糾纏，何樂不為？我便讓她攙扶著我回去。

「……謝謝妳。」女孩靦靦道。

我擺擺手，揉著頭，「我是為了我自己，與妳無關，不用放在心上。」

她扶我到宿舍樓下後，我不經意地看向她，心跳漏了一拍。

我知道她不是溫歆，溫歆不會在這裡，但我還是在暈眩之中，以為自己看到了溫歉。

「同學？」

女孩皺眉看著我，我苦澀一笑，拉開彼此的距離，「謝謝妳送我回來，我先進去了，妳回去小心。」

剛往前走一步，便感覺手臂被人挽住，我側頭一看，是那女孩。

「怎麼了？」

「這一路上我想了很久，如果今天沒有問清楚，我想，我會一直這樣想下去。」

迎上那女孩的視線時，我怔忡，心裡感到慌亂。

女孩狀似鼓起勇氣，語氣顫抖，「我可以跟妳當朋友嗎？或者，不只是朋友……」最後那句話，才是她眞正想說的。

那當下，我沒有被人喜歡時會有的喜悅，只感到難受不已。

我輕輕抽回手，看著她，鄭重地說：「抱歉，我不是……妳所期待的那樣，我們……是不一樣的。」

女孩沒有再靠近，只是給了我一個瞭然的笑容，點點頭，「我了解，不是每個人都可以接受，謝謝妳的誠實。」

我沒有解釋，沒有澄清，只是看著女孩獨自離去。她轉身時，我隱約見到她眼眶有淚。

踉踉蹌蹌回到宿舍，艱難地打開房門，我直接癱倒床上，全身動彈不得。好暈、好累，但意識很清楚。

我知道自己說了什麼，也知道我徹底傷害了另一個人，同時，也否定了自己。

如果否定真正的自己，可以讓我好過一點，那我願意。

我想過，如果無法解決我身上的矛盾與問題，那麼，解決我自己，是不是最快、最好的辦法？

那個大醉的晚上，我沒想明白便順著酒意睡下，之後，我不曾再那樣醉倒過。

我怕有些事情，越醉越清醒。

✦

「欸，白白——靠，妳房間是怎樣？」

正埋首於工作中，聽到紀晏恩的聲音我抬了下頭，「妳要是想進來，自己想辦法踩空地過來。」

「這些東西是什麼……」紀晏恩不可思議地問：「等一下，不會全是康經理公司寄來的產品吧？」

「正是。」我按下儲存，摘下眼鏡，伸個懶腰看向紀晏恩，「找我有事？」

「我之前借妳的隨身碟還有在用嗎？」

我想了一下，站起身跨過紙箱與氣泡紙，走到書桌翻著抽屜，「我有點忘記放到哪裡去了……妳急著用嗎？」

「也還好，只是我等等要去百貨公司逛逛，想確認隨身碟還在不在。」

我搔搔頭，「應該還在啦，不然我跟妳一起去好了？」

「行。」紀晏恩退出我的房間，一臉嫌棄道：「給妳十分鐘，想辦法從這堆垃圾裡走出來。」

紀晏恩關上門，我看著滿地的紙箱與防撞包材，忍不住苦笑。

不知道該說溫歆做事細心，還是太過謹慎？將商品寄來給我當然很好，我可以更加了解商品的本質與樣貌，但沒必要包成這樣吧！

我幾乎肯定這些出自於溫歆之手，包得太過精美又工整，不是一般人出貨時會包裝成的樣子，畢竟她在百貨公司當過櫃姊，包裝禮品是她的日常。

雖然，那也是好幾年前的事了。

十分鐘後，我跨出了房裡的垃圾山，跟紀晏恩一同出門。

上車後，紀晏恩問我，想去逛哪間百貨公司？我想了一下，便報了一間近期一直想去的百貨公司。

「康經理跟我提過，之後想去那裡設櫃，我想先去了解一下場地。」我補充說道。

紀晏恩眉梢微抬，眼裡帶有幾分質疑，「白白，這案子妳到底收多少錢？妳親力親爲到這種地步的樣子，我也沒見過幾次，設櫃場布不是妳負責的工作吧？」

我哎了一聲，不知道怎麼解釋來龍去脈，於是一笑置之，打哈哈地帶過去。

一般而言，我確實不會做到這種地步。我一向認爲，收多少錢做多少事，我不會多做一分，也不會少做一寸。

可是這次不太一樣。

一旦意識到這次的設計關乎溫歆的工作，心裡便一直有個聲音告訴自己，要做到最好，要讓溫歆肯定我的作品、我的設計。

我想讓她知道，這麼多年以後，我並沒有停滯不前，我是有在成長的。

儘管，溫歆可能不在乎，也不該在乎，可我還是……很在意。

抵達百貨公司，我跟紀晏恩隨意逛著，一邊討論這個季度的流行趨勢。我挺喜歡跟紀晏恩逛街，有個人可以一起討論設計，是件很有趣的事。

加上紀晏恩與我的設計風格不同，用她的角度解讀這一季的時尚總體走向，我時常獲益良多。

當然，我們也有意見相左的時候。

「復古？每年都在提復古，那就一點都不復古了！」紀晏恩忍不住抱怨這一季的風格色彩黯淡，一點也不吸引人。

我則是在旁涼涼道：「總不能每季都是大地慵懶日系風，或是黑白冷冽菁英風啊。」

「但重點是『復古』兩個字，不該與色彩黯淡劃上等號！」

接著紀晏恩開啓滔滔不絕的分析模式，開始說文解字，定義何謂復古。瞧她這氣勢，看來一時半刻是停不了，於是我果斷左轉，走進光南書局。

光南書局是我學生時期的回憶，商品樣式繁多、物美價廉，對於沒什麼零用錢的高中生來說相當友善。

學生時期我常在這兒買東西，小說、漫畫與唱片，幾乎概括了我的高中課後回憶。

那些回憶中，也處處都有溫歆的身影。

當時一到假日，我們兩個窮學生常往便宜的商圈跑，光南我們沒少去過，還時常一起去夾娃娃、轉扭蛋。那時身上沒什麼錢，常常轉了一、兩個扭蛋，夾了幾次娃娃，口袋便見底了。

可是，我們很快樂。

不需要高檔餐廳，不需要百萬夜景，窩在小小的娃娃機店裡的我們，便足夠快樂。但我們不可能永遠不長大。

「晨姊姊？」

聞言，我一頓，轉過頭便見到盧亦悅，以及她身旁的女孩。那女孩有點面熟。

盧亦悅身穿輕便帽T與牛仔褲，揹著小後背包，乾淨清爽，滿是高中生的青春氣息。

「妳怎麼在這裡？」我問。

「我朋友陪我來看展，八樓有免費的設計展喔！晨姊姊也可以去看看。」盧亦悅笑道。

那日在路易莎聊過後，我明顯感覺到盧亦悅面對我不再那樣生疏拘謹，但仍禮貌有加，討人喜歡，這點跟趙女士不太一樣。

盧亦悅忽地轉頭，拉過站在一邊的女孩，開心道：「雨安，她就是我跟妳說過的晨姊姊，我媽的朋友，那個很強的設計師姊姊。」

被人這樣當面稱讚怪不好意思的，我朝那女孩微笑頷首，那女孩也朝我點點頭，兩眼緊盯著我。

不知怎麼地，或許是我太多心，我總覺得……那女孩對我有敵意？

可是，這不可能啊。

女孩比盧亦悅矮一些，深藍V領襯衫與黑色短褲，一頭柔順的黑長直髮，看上去比盧亦悅成熟一點，可那略帶稚嫩的面容，確實是高中生沒錯。而且是長得挺好看的高中生。

盧亦悅仍在滔滔不絕地稱讚我，我聽得赧然，便出聲打斷，「好啦，人家對我哪有興趣？下次再跟妳約時間看作品，OK？」

盧亦悅點點頭，提起設計時的表情，總是那樣神采奕奕。

我答應她會去八樓看展後，她才轉身跟那女孩一同離開。

看著她倆的背影，注意到女孩緊緊挽著盧亦悅的手，盧亦悅的耳朵有些通紅。

有種奇妙怪異的感覺從心底湧上，但很快地，我便將浮現的想法強壓回去。

不會的，是我太過敏感了。

「白又晨！」

我雙肩一顫，回頭便見到被拋下的紀晏恩臉色難看，「妳就這樣丟下我？還眞是我的好朋友。」

我本來已經想到安撫紀晏恩的說詞，不料，她話鋒一轉，重重嘆口氣，「不過，現在換我得扔下妳了。」

紀晏恩晃晃手中的手機，無奈道：「本來約好一定會到的物料被截斷，客戶快氣死了，我得去了解一下。」

我聳聳肩，不是故作大方，是眞不介意，這大概是兩個相同職業的朋友處在一塊的好處，彼此都了解對方的難處與辛苦。

「妳先去忙吧，我可以自己回去。」我擺擺手讓她趕緊去處理正事，紀晏恩壓了下唇角，走前落下一句「我欠妳一次」便快步下樓。

紀晏恩離開後，我走出光南，搭電梯直達八樓。

如果「設計」有所謂的里程碑，其中肯定包括設計展。

在我決定要當一名設計師後，我便一次又一次地想，有一天，我定要辦設計展。

試想在一個空間中，全是自己創作的作品，該是一件多美好的事？

走進百貨公司的展廳，那是一個純白色系的簡潔空間，牆面上展示著設計大賽的作品，每一幅作品我都佇足良久，仔細閱讀展品的設計理念與創作者資料，這是我對設計人的尊重。

而這習慣，是溫歆教的。

「我只要看到喜歡的書，都會認真將折口頁與版權頁完整瀏覽過一遍。」溫歆將剛閱畢的小說攤在我桌上，翻到版權頁，指給我看，「一本書的產出，背後有許多人的努力。不只有作者，還有編輯、印刷廠以及出版社，這些都是很重要的。」

溫歆大概沒想過，我真的往心裡聽了。

後來，我習慣去看工作人員的名單，偶爾還會注意到有趣的人士，這讓我不再只注重於作品本身，更會留意背後的千絲萬縷。

展區不大，我注意到一面白牆，那面白牆並無特別，我站在白牆前，回憶片段如同電影膠片，忽遠忽近在腦海中交錯堆疊。

我也曾跟溫歆逛展到一半時，走到一面白牆之前。

我那時鬆開溫歆的手，趁著四下無人，對著那面白牆，在空中用手指比劃出一個大大的長方形，對著溫歆道：「以後我辦展，我要在這裡放那、麼、大的作品。」

溫歆兩眼笑得彎彎的，湊到我旁邊，語氣輕快，「哪來這麼大的作品？妳想放什麼作品？」

「內容我還沒想到，但名字我想好了。」

我放下手，轉而牽起她的手，輕聲道：「我要以妳的名字為名。」

溫歆的眉眼溫柔，笑容溫潤，小小的手握起來很溫暖，像握著一個暖暖包。

「那我也想好了，我要用妳的名字寫一本書。」溫歆說。

握住溫歆的那隻手，微微地收緊幾分。

承諾與約定，說起來是那樣輕巧容易，誰都不該往心裡去，甚至惦記多年。

現在回首，不過引人發笑而已。

我轉身欲離開展廳，不經意抬頭一看，頓時僵住。

不大的展廳中，還有一個人。

該怎麼形容溫歆呢？

年少的溫歆內向、溫和又心細，笑起來特別好看。她以前留著及胸長髮，柔順地搭在純白制服上，看上去非常乖巧。

我是與溫歆完全不同的人。

我粗魯、大手大腳又瘋瘋癲癲，師長常對我感到頭疼又沒轍，她們說我聰明，若能把這份聰明用在對的事情上，未來必有大成。

「所以我把我的聰明用來喜歡妳啦，溫歆，這樣夠聰明吧？」

溫歆紅著臉瞪我，擰了下我的腰間，說我耍嘴皮子，成天皮在癢欠人收……她一邊唸我，我一邊逃，那些打打鬧鬧的日子，每天都很快樂……

「妳也在啊。」

溫歆淡淡的語調使我回神，我點點頭，腳步往旁邊挪，讓出了空間，「我看完要走了。」

話落，我便低頭匆匆走出展廳，卻忽然被溫歆叫住。

「等一下。」

我難掩驚訝，回過頭看向溫歆。

她的表情很僵硬，話語也是，「我知道康經理跟妳提過要在這裡設櫃的事，我……我想我會需要一些……專業的意見。」

我愣愣地看著溫歆別過的側臉，比我記憶中更削瘦一些，心裡隱隱抽動了一下。

「妳不嫌棄的話，我很樂意。」我是眞心的，卻不能表達出我的雀躍與欣喜，以及那份忐忑不安。

「那……妳等一下有事嗎？」溫歆問。

「沒事，妳可以先逛展，我去對面那間咖啡廳占位子。」

溫歆怔忡了下，不自然地應聲好，便背對我看起了展品。

我不敢久留，提步走向咖啡廳。

溫歆出現在這裡是爲了場勘，她留我是爲了幫助她的專案，這些我都明白。可我還是忍不住感到歡喜。

我隨著服務生入座，幸運地坐到了窗邊的沙發區，看了一會菜單，溫歆便到了。

我喚來服務生，點了杯西班牙咖啡與牛肉鹹派，我看向溫歆，問道：「妳呢？」

溫歆對著服務生說：「一杯薰衣草鮮奶茶與舒芙蕾，謝謝。」

這是意料之外的答案。

記憶中的溫歆，最不像小女生的地方，就是不愛甜食，不管吃什麼，最後留在口中的味道，必須是鹹的。

但那終究是過去的事情了。

「妳是順便來逛逛，還是？」溫歆率先打破沉默。

我盡量自然地回道：「一半順便，一半特意。我原本是陪室友出門，但來這裡是我的主意。」

「因爲康經理跟妳說的事？」

我內心高興跟溫歆可以自然地對話，不禁放鬆了些，點點頭，「我知道那不是我負責的，但就當我雞婆吧，總覺得或許哪天能幫得上忙。」

「嗯……了解。」

溫歆的情緒不高，我能感覺到，但我無法知道理由，感謝餐點在這時候送上，不至於讓我感到太尷尬。

吃東西眞的是最佳緩解尷尬的方式，可以聊餐點、聊飲品……無論如何總有話題，但沒想到，很快地我就只能無言以對。

「妳有想過……不要這件案子嗎？」

中文的博大精深在於，同一句話，可以解讀出不同的意思。是「不要開始」這件案子？還是「不要繼續」這件案子？

我沒想到溫歆會這麼問我，一時間不知該怎麼回答才好。

熱飲已涼，我喝了口咖啡，口感香醇濃郁，可惜的是少了幾分品嘗的興致。

我看著對面的溫歆，她眼眸低垂，似乎在想些什麼，又像只是想避著我。

我們之間，一直都是溫歆在努力。她努力跟我說話、努力教我功課、努力陪我玩耍又顧著成績……我是不是一直都過得太過輕鬆散漫？

意識到這點，我輕吁口氣，據實以告，「我想過不要開始，但我沒有想過不繼續下去。」

溫歆一語不發，只是單手支著頭，望向窗外，狀若深思。

溫歆的靜與動，是截然不同的美。安靜的時候，任四周如何喧囂、如何紛擾，都不能撼動其分毫，如夏池之蓮，高潔迷人；溫歆難得活潑的時候，頭上像長出兩個毛茸茸的耳朵，眼睛圓滾滾的拚命搖著尾巴，讓人忍俊不住。

注意到溫歆投來的目光，我下意識低下眼避開，幸好我還有鹹派，沒那麼手足無措。

「不管於公於私，我都不會要妳放棄這次的案子，那樣太過唐突而且自以爲是。」

未盡之言，昭然若揭。理性上都明白此舉相當幼稚且不講理，但感性上，溫歆是不希望我接下的。

我吃著鹹派，不知道該回些什麼，只能點頭當作回應。

溫歆也拿起刀叉吃著舒芙蕾，我不禁想起這次談話的目的，是爲了設櫃一事。

「那個……之後設櫃是由妳負責嗎？」

話落，溫歆一愣，臉色微僵，「呃，對，沒錯……我這邊的初步想法是……」

我認真地聽著溫歆說明設櫃預計的整體風格與方向，以及預定達成的目標。她簡明扼要地說完之後，我也簡單提了一些自己的想法。

還好今天有先實地勘察，不然現在可能什麼都說不出來，那就幫不上溫歆了。

雖然對於溫歆來說，我能給她的最大幫助，或許就是不要出現在她面前吧。

我自嘲地彎彎唇角，眞是自作孽不可活。

溫歆拿出平板，自己又琢磨了會，繼續問我一些比較細節的問題，我也樂意回答。

一來一往之間，我感覺彼此的身分對調，過去是我纏著她，要她教我數學跟理化，現在變成她問我設計與視覺的意見。

聊到一個段落後，溫歆收起平板，喝了口甜膩的薰衣草鮮奶茶，嘆息般地道：「我果然不擅長做這些事……」

記憶中的溫歆，確實不擅長做活動規劃，原因是她並不感興趣，自然不擅長。

過去溫歆可以與我談紙樣、談裝幀、談印刷，說著我不了解但她興趣濃厚的書籍製作。我喜歡她滔滔不絕地談著書籍的模樣，每當跟她逛書局時，她總是愛不釋手地摸著書。

「眞的好喜歡實體書的手感啊。」溫歆這麼感慨。

而我回她：「等妳以後出版大作，就可以在書局摸到自己的書了。」

溫歆放下書，彎彎唇角，看著琳瑯滿目的書籍，輕聲道：「我不是爲了寫出大作才寫作的。」

我不解地看著溫歆，「可是誰不想要自己的作品大賣？如果能像《哈利波特》那樣風靡全球，每個人都知道，不是一件很棒的事嗎？」

「可以那樣的話，當然很棒。」溫歆隨手拿起一本書，「但我不是爲了變成那樣才寫書的，妳明白其中的差異嗎？」

當時的我自然是不明白的，溫歆跟我身穿同樣的制服，我們都是不諳世事的高中生，溫歆卻給我一種想得很多、很遠的感覺。

「那……不然呢？妳想寫什麼？不成爲大作家，想成爲什麼？」

溫歆失笑，一字一句說得輕而緩。

「能成爲家喻戶曉的作家當然很好，但我認爲的、我所相信的文字核心，是溫度。」溫歆看著我，眼神堅定，「又晨，我想寫出有溫度的文字，無關名聲，而是希望有一天，我眞的能寫進誰的心裡，讓那個人覺得，自己是被理解的、是有文字陪伴的。」

年少的我並不明白溫歆的意思，只覺得那樣的她明媚而耀眼。溫歆走近我，牽著我的手，左右搖晃。

我望進溫歆的眼裡，如一片大海，波光粼粼。

「我願意為此不斷地努力下去，就像我喜歡妳一樣，值得我這麼做。」

我摸摸鼻子，雙頰發熱，聳聳肩，拉著她走出書局，「哎，雖然我不太明白妳在說什麼，但只要妳喜歡，我就喜歡。妳儘管去做妳喜歡的事，記得有我支持妳就是了。」

但最後，我們誰也沒有堅持下去。

兜兜轉轉幾年後，我們坐在百貨公司的咖啡廳，聊著與當年毫無相關的話題。

我是一名沒有自己形狀的設計師，溫歆是一間公司的行銷企劃。

我知道這幾年自己是怎麼走過來的……那，溫歆呢？

她是什麼時候，決定放棄的呢？

我知道我不該問，也沒有資格問，可我還是忍不住對著面前的溫歆，問出了口。

「溫歆，妳……現在還有在寫作嗎？」

✦

搞砸了。

這幾日心頭時不時湧上這個想法，如同荊棘般纏滿全身，掙脫不開、揮之不去。
衝動是魔鬼，這句話是對的。
我睜眼閉眼想到的都是：如果當時沒有問出口就好了。
如果沒有問出口，就不會見到溫歆露出那種表情。
「又晨，難道妳還沒有長大嗎？」
當我看到溫歆臉色劇變時，內心十分惶恐，以為她會勃然大怒，但她只是冷硬地問我這句話。
「我……」
「妳應該明白，」溫歆輕咬下唇，語氣深沉，「小孩子的戲言不該跟著妳長大，就該留在過去，妳不懂嗎？」
我真的不懂，但我沒膽再發出聲音。
「我直接告訴妳我的想法好了。」溫歆站起身，視線自上而下，氣紅了眼，「如果妳真的對我還有一點點的愧疚，完成這次專案後，就再也不要出現在我的眼前。」
我低下眼，沒答應，也沒拒絕。
「……就像妳當年一樣。」
冰冷的話語從上傳下來時，我立刻抬起頭，只見到溫歆大步離開咖啡廳，留下才喝了一點點的鮮奶茶，以及我。

我沒有留她，一個人又坐了一會後才離開。

我後知後覺地意識到，那是與溫歆重逢後，她第一次喊我的名字。

但這也代表，她明白我在說什麼，也代表……她沒有忘記。

只是溫歆覺得，那是小孩子不成熟的言論，不該記到現在……可她不知道，她的話陪了我十年。

「欸，白白。」

紀晏恩的聲音使我回神，抬眼迎上她略帶責備的目光。

「妳有聽到我剛剛說什麼嗎？」

我心虛地抿脣。見狀，她嘆口氣，「我說上次放妳鴿子，下次帶妳去吃新開的餐酒館，OK？」

我連忙點頭，能蹭到免費的一餐沒有人會拒絕的。

紀晏恩話鋒一轉，便轉到我身上。

「妳最近到底是怎樣？常常心不在焉的，剛剛也是，跟妳說話都沒在聽。」

我知道這是紀晏恩的最後通牒，瞧她微惱的臉色，我要是再不坦承，大概接下來屋內會進入冰河時期吧。

她對我的忍耐已經到了臨界值，我沒膽繼續挑戰，加上……或許我確實該找個人說說話。

嘆口氣，我斟酌字句說道：「的確是有此事……」

我將溫歆隱藏性別，用了中性的詞彙「前任」作代名詞，將婚宴後的種種大致告訴了紀晏恩。

我說完之後，她遲疑了許久，才開口：「妳可以回答我一個問題嗎？」

「嗯。」

「當初是妳的錯嗎？」

我毫不猶豫地點頭，「是，畢竟分手是我提的——」

「我不認爲先提分手的人，絕對是錯的。」紀晏恩淡淡地打斷我，「有時候，先提分手的人只是懂得停損，僅此而已。我的意思是，全部都是妳的錯嗎？」

我明白紀晏恩這麼問我，是想安慰我，想藉此讓我知道，一段感情的結束，不只是單方面的問題。

但我跟溫歆，並不是那樣。

我看著紀晏恩，喉頭苦澀，沉聲道：「我知道妳是想讓我好過一些，謝謝，但事實上，是我沒有理由地拋棄她，並且一聲不響地消失。」

溫歆於我而言，是如鯁在喉的存在，沒想起時無事，可始終哽在那兒。

紀晏恩看著我，半晌，拍拍我的肩膀，嘆息般地道：「謝謝妳告訴我，又晨。我不是妳或妳的前任，所以我無法判斷，但……也許對方跟我一樣，只是想要妳的解釋，畢竟被蒙在鼓裡的感覺很差。」

可我不知道怎麼跟溫歆解釋。

因為有些事情連我自己也不明白，不知道該從何解釋起。我選擇逃避是事實，而且我原本會逃避一輩子的。

「不過，對方現在是妳的窗口，這樣沒問題嗎？」紀晏恩問了一個非常實際的問題。我故作輕鬆地聳聳肩，應道：「我們都不是小孩子了。」

不會再任性妄為，不會再想做什麼就做什麼，無論是我或溫歆，都是一樣的。

「也是。」紀晏恩附和地點點頭，「值得慶幸的是，趙女士跟康經理都不知道。」

這確實是讓人感到萬幸的事，但人生不如意十之八九，才是常態。

有些事越小心翼翼地避免，越容易碰上。

例如，去餐酒館吃個飯，卻撞見相親現場，巧的還是我認識的人。

平日晚間的餐酒館用餐人潮較少，而在我右前方那桌的一對男女，我認得其中一位。

我比他們早一些入座，他們一前一後地出現時，我第一時間便認出了康經理，但康經理沒有注意到我。

客人不多，他們的談話我聽得一清二楚。

「康小姐，我覺得妳滿不錯的，外型我也覺得挺順眼，就是公司規模小了點……」

我不禁皺眉，忍不住瞪向康經理對面的中年男子，他憑什麼對康經理品頭論足？還有，爲什麼康經理願意聽他這樣胡說八道？

我望向康經理，見到她的側臉，她不知道正在想什麼，心思似乎不在這個空間裡，平日靈動的雙眼，現在卻空泛無神。

男子的話，康經理可以聽到恍神，我卻聽不下去。

原本以爲康經理對面梳著油頭的中年男子是客戶，可談話內容越聽越不對勁。從一開始，那位男子就沒有要尊重康經理的意思，一坐下就滔滔不絕炫耀自己的家世與事業，說著自己平日有多忙碌，今日是特意空出時間來見康經理。

我在旁邊聽著，都忍不住想問一句：所以呢？康經理就該感恩戴德地接受你嗎？

但康經理只是一語不發地聽著，她的側臉依舊平靜，不知道在想些什麼，又或者，是有什麼原因讓她不能離席嗎？

我雖然感到憤怒，但不敢貿然行動，怕自己的衝動反而造成康經理的困擾。

「我想過了，等我們結婚，妳就把工作辭了在家帶小孩就好，妳不必有壓力，我媽人很好的，妳聽她的就對了……」

「唰」一聲，我忍無可忍地站起身走向他們，伸出手把康經理拉起。

「又、又晨？」

「這位先生，」我咬著牙，緊緊抓著康經理的手腕，朝面前的男子冷硬說道：「她不是你攀得起的人，你才該檢討自己爲什麼到這年紀還沒有人要吧？」

說完，我拉著康經理走出餐酒館，頭也不回地往前走，不去管那位男子鐵青的臉色。

「又晨——」

走出餐酒館後，我鬆手，回頭忍不住對著康經理有些難過道：「妳不要讓別人那樣羞辱妳啊。」

康經理怔怔地看著我。

「我不知道妳爲什麼要相親，我不是覺得相親不好，但是，妳不能讓人家那樣對妳……」

我很生氣，也有些難過，不希望自己認識的朋友被別人這樣品頭論足，到底憑什麼？

康經理回過神，忽地笑了出來。

「我沒事。」康經理安撫似的摸摸我的手，「其實我剛剛都在發呆，他的話我一個字都沒聽進去，別擔心，謝謝。」

我摸摸鼻子，臉頰有些熱，深呼吸幾下，平復剛才又氣又難過的情緒。

康經理看了眼手錶，說道：「妳要不要跟我去吃消夜？陪我聊聊？」

天色暗下，兩旁路燈亮起，鵝黃色的燈光斜斜地照下，灑進康經理那雙眼眸中，星光熠熠。

或許是，她的神情有別於平日的大方自信，反而在不經意間流露出一絲脆弱，我才會鬼使神差地說了聲「好」。

又或許是，在這瞬間，我覺得自己是被某個人需要的，而這份感覺，已時隔太多、太多年沒有過了……

第三章

熱氣蒸騰中，對面那個人的面容顯得有些不真實。

店家端上兩碗關東煮，康經理先我一步打開竹筷，遞給了我。

我愣了一下，伸手接過，「康經理，謝——」

「玫玟，」康經理打斷我，彎脣一笑，「沒關係，不必一直喊我經理，叫我名字吧。」

我遲疑了下，最後在她的笑容中點點頭。

「雖然剛剛跟妳說過了，但我想正式再跟妳道謝一次。」她將碗裡的一塊蘿蔔夾給我，眨了眨眼，「這是我最愛吃的，分妳一塊。」

我失笑，也夾了塊黑輪到她的碗裡，「那我拿黑輪跟妳交換吧。」

康玫玟夾起黑輪，竹筷晃了晃，「這交易挺划算的。」

我輕笑幾聲，本來有些緊張的心情變得和緩，不禁感歎，她真的有讓人感到輕鬆自在的魅力。

舀了口湯喝下肚，才感覺到飢餓。關東煮湯頭鮮甜，用料新鮮，讓我十分驚豔，這是一間不起眼的小店，平日我是不會走進來的，沒想到味道這樣好。

於是，我認眞吃起消夜，以塡滿飢餓感，吃了半碗之後，我才驚覺自己不是一個人來用餐。思及此，我抬起頭，迎上那道目光時，不由一怔。

那個眼神太過專注、認眞，燦亮的眼眸中，有我，還有頭頂上一盞盞黃燈的光影。

我感到一陣尷尬，不自在地說道：「呃，抱歉，我太餓了又常常一個人吃飯，所以……」

「又晨，有沒有人說過妳有一種特殊技能？」

我愣了下，搖搖頭，「特殊技能？我沒聽人說過。」

「妳有一種『可以把普通食物吃得很美味』的特殊技能。」

聞言，我指著碗裡的關東煮不可置信地說：「普通？妳說這個很普通？天啊，這個超級好吃的好嗎！比我平常在超商吃到的關東煮好吃太多了！」

我是認眞地感到不可思議，康玟玟卻忽地大笑，笑得我雙頰發熱，不禁想著自己是不是對食物太過認眞，便聽到她悠悠說道：「我下次帶妳去吃好吃的。」

下次。

她說下次。

我低下眼，夾起蘿蔔沾了些醬油，笑道：「我哪敢勞煩康經理啦……對了，謝謝你們公司寄了那麼多產品給我，我室友也覺得產品很不錯。」

康玫玟笑了笑，問道：「妳跟別人一起住嗎？」

「是啊，我跟大學室友畢業後一起分租，這樣房租比較低。」

「那……溫歆也是妳在大學期間認識的嗎？」

我拿筷的手一頓，食物險些掉在桌上。我沒想到康玫玟會主動跟我提起溫歆，一時之間，我有些語塞。

溫歆大抵是我的桎梏，與她有關的話題、事物，都令我無所適從。

「沒事，我只是好奇問問而已。」她隨意翻弄碗裡的食物，「溫歆並沒有跟我說什麼，是我自己覺得妳們之間的關係好像很微妙。」

話落，康玫玟直直地看向我，似乎在回想著什麼，繼續道：「妳來我們公司的那天，我就覺得妳跟溫歆之間似乎有著別人沒辦法參與的氛圍。」

我輕吁口氣，思忖了下，便說道：「我跟溫歆確實很久以前就認識了……」

接下來的事，我說不出口，而康玫玟兀自接道：「然後結下深仇大恨嗎？」

我愣了一下，忍俊不住，與她相視笑了幾聲。

她並沒有要我全盤托出，話題點到爲止，不踰矩也不躁進，給了我舒適的談話空間。

飯後，我跟她到附近的河堤公園走走，天晚涼爽，無風無雨，適合散步。

剛吃完關東煮，身體溫熱，連胃都是暖的，我便說道：「關東煮很好吃，謝謝。」

康玫玟彎脣一笑，撥了撥髮，「不用謝，只是一碗關東煮而已。眞正該道謝的是我。」

忽地，康玫玟停下腳步，我走在前面，跟著停下。

我回頭，便見到那高䠷清瘦的身影，雙手抱臂，挺直腰桿看著我。

「妳爲什麼不問我呢？」

我愣了下，那化著淡妝的清麗面容，神色複雜，有難過，也有困惑。

我走向她，站定在她的面前，有些侷促。

「我……其實並不是爲了想知道些什麼，才陪妳吃消夜的。」我望向河堤，任風拂過臉頰，深深吸口氣再吐出，「我只是，剛好也有空而已。」

這並沒有什麼了不起，也沒什麼特別的。我想傳達這些，是爲了想讓她好過一點。

人與人之間的關係，眞正困難的不是建立，是維繫。

開啓一段關係並不難，困難的是如何維繫下去，並且久不生厭。而有時候，退一步，對彼此都好。

但有些時候，也有人會選擇往前走一步。

「不過，又晨，我想讓妳知道，」康玫玟說，「女人啊，好像總被推著往前走，年紀每到一個階段就非得有某種特定的樣子。」

河堤上，我與康玟玟比肩而坐。

她的側臉線條優雅而迷人，嗓音略低，卻相當悅耳。

「年過二八之後，家裡開始催婚，要我別只專注在工作上，多出去走走。簡單來說，就是要我放下工作，專心找對象。」

康玟玟低下眼，忽地抬起手，張開五指，看著自己的手背說道：「我也不是沒有跟人交往過，甚至一度論及婚嫁，可是啊，我逃了。」

當下，我忽然意識到，康玟玟只是需要一個人陪她說話，這個人不一定得是我，只是我剛好出現，而我又與她的生活無關，所以有些事情，才能說出口吧。

「當對方提及結婚時，我才發現我對未來的想像中，竟然沒有他，所以我就結束那段感情了。」康玟玟兀自笑了幾聲，接著道：「我爸媽知道後非常生氣，畢竟對方是醫生，他們說我是賠錢貨，還說我就算去下跪都要把人要回來。我真的走了，但是是搬離家裡，不是去復合。」

雲淡風輕中曾有的腥風血雨，我幾乎可以想像，甚至感同身受。

「妳好勇敢啊。」

我發自內心的一句話，沒想到會讓那總帶著輕鬆微笑的臉龐，有一絲鬆動。

「勇敢嗎……」康玟玟望著遠方，彎彎脣角，「我以為我這是任性，只是啊，人不可能任性一輩子，面對自己的父母，最後往往只有妥協而已。」

人的心，終究不是石頭做的。見父母年邁老去，在自己面前不再高大強壯，變得脆弱又虛弱時，心裡某一塊柔軟的地方，便隱隱作痛。

無論這些年的相處，發生多少摩擦與衝突，只要心未死透，就無法眞正狠下心來。

「在我媽跌倒住院時，她躺在病床上，哀求我至少去見見人家吃頓飯時，我不知道怎麼拒絕。」

拒絕不了，所以只能答應。

一如我站在父母面前，當他們用不可置信的眼神看著我，歇斯底里地質問我時，我退縮了。

「還好妳帶我離開了。」

我抬起頭，迎上那感激的目光，注意到她眼角隱約有淚光。

我搖搖頭，「我只是聽不下去而已。」

康玟玟看著我，欲言又止，最後還是沒說什麼，只是站起身，我跟著她沿著河畔走了一圈後，便各自回家。

剛到家時，收到了康玟玟的訊息，我也向她報個平安，對話便止於此。

梳洗完後，我躺到床上，意識模糊之際，我想起自己的父母。上次見到他們已經是過年時的事了。

高中畢業離家上大學之後，我便鮮少回家，一開始是以課業繁重爲由，從一個月逐漸拉長成兩個月、三個月，再來是一學期一次，直到出社會後，一年便只回去個兩次。

有時候想起自己的父母，會爲彼此之間的遙遠距離感到無力悵然，可當我眞正站到他們面前時，又會感到尷尬與不自在。

久而久之，便習慣逃避了。一開始並不是這樣的……

我翻個身，面對牆壁，想起自己在老家的房間裡，也是這樣床貼牆壁。那件事後，我便時常面對著牆，度過好幾個夜晚。

我總以爲這樣可以少聽到一些房外的聲音，那些聲音中，有爭執、有大吵、有啜泣，還有哭吼。

搬離家時，我眞的感到很開心，同時又感到痛苦萬分。

這麼一走，似乎就切斷了什麼。

搬出家裡的第二年，學校放春假期間，我回了家，發現自己的房間裡僅剩一張床，遍地堆滿雜物。

大抵是從那一刻我便明白，對於父母來說，我已是可有可無的存在。

春假期間，辦了場國中同學會，我被以前感情不錯的同學拉著去吃頓飯。飯後，他們說要回學校走走，我沒得選擇，只能跟著去。

一踏進國中校園，站在跑道上，我彷彿見到年少的自己在操場上盡情地、用力地奔跑。

我那時是喜歡跑步的，因爲我的父母會在終點線那端等著我，然後給我一個大大的擁抱。

他們會買飲料給我，開心地跟我說：「妳讓我們感到很驕傲。」

聽到那句話，我彷彿就擁有了全世界。

可後來，這句話卻成了我的心魔。我的父母沒有告訴我，倘若哪天我不再優秀，他們會一樣愛我嗎？

倘若有天，我做出他們無法理解的事，他們還會愛我嗎？

倘若有天，我變成他們意想不到的模樣，這個家，還會是我的避風港嗎？

他們沒有告訴我答案，但我自己明白了答案。

因爲那一天，終究是來臨了。

✦

「哈啊——」

在我打了第五個哈欠時，坐在客廳沙發上的紀晏恩看了過來，眉梢微抬，「妳是怎樣？昨天晚上幹了什麼事？」

我瞪回去，「能幹什麼事？我在調作品細節，弄到走火入魔沒睡好。」

紀晏恩哼笑一聲，不以為然地說：「約不是還沒簽？妳忘了我上次跟妳提過的鬼故事——某玩具廠商基於信任，在簽約前事先備料三千份，結果合作的公家機關說砍預算就砍預算，這三千份說不要就不要，難道妳忘了這事？」

我擺擺手，倒杯水醒神，「記得，但這是趙女士認識的公司，我不擔心。」

紀晏恩哼哼兩聲，一邊吃著吐司，一邊站起身準備出門，「那公司裡還有妳前任，真是讓人放心喔。」

在我的鍋鏟砸過去前，紀晏恩先一步開溜，我翻個白眼，早知道就不跟紀晏恩提了。

昨晚思緒紛亂，夢境混沌，整夜醒了又睡、睡了又醒，今天整個人精神不濟，得多喝一杯濃縮咖啡才能振作了。

我也不是沒想過再回頭去補眠，但今天跟盧亦悅有約，於是我洗把臉後便匆匆出門。

遇到積極又有禮貌的學生實屬難得，所以我的心態也跟著不太一樣了。

一開始，我單純是為了趙女士，可現在，我是自願多教盧亦悅一些。

我壓線走進路易莎時，先注意到坐在窗邊角落的盧亦悅，再來，我看到了坐在遠處的女孩。

這似乎是第三次見到這女孩了？

我走向盧亦悅，一坐下便說道：「要不要請妳朋友過來一起坐？」

盧亦悅訝異地看著我，愣愣道：「晨姊姊，妳居然認出我同學？」

我失笑，點點頭，「畢竟也不是第一次看到她了。她叫什麼名字？是妳同班同學嗎？」

提起她，盧亦悅面上歡喜，她壓著聲音，可沒抑制住提起那女孩時的喜悅與興奮。

「她有個很好聽的名字，她叫雨安，柯雨安。我們不同班，但在補習班是同班同學……」

盧亦悅談起柯雨安時，神采飛揚，眼裡有笑意，還有一絲驕傲，彷彿是在向人展示自己珍藏的寶物似的。

盧亦悅越是高興，我越是感到惶恐不安，忍不住出聲打斷她，「好啦，我知道她很好了，那妳趕緊進入正題，別讓人家等。」

盧亦悅立刻拿出設計稿攤在我的面前，神情變得專注，「我回去之後，很認真、很認真地想過姊姊妳跟我說的話，將那天展示給妳看的設計做了調整，麻煩姊姊幫我看看。」

我拿過設計稿一看，有些訝然。

盧亦悅所言並非客套話，而是認眞的，這一眼便知，我上次提點過的地方，她通通融入這次的設計中。

盧亦悅的班級最後決定將文創小物與飲品甜點並行，盧亦悅的宣傳單中把這點展示得很好，班級攤位的主視覺展現出了班級自身的特色與商品的亮眼處，再來是攤位細節部分的擺設也恰到好處，讓商品與食品相互襯托，不搶彼此風采。

閱畢之後，胸口湧上一絲感動，我將所有的設計稿小心翼翼地交還給盧亦悅，感到相當欣慰，「妳做得很好，我沒有什麼可以替妳修改的，妳辛苦了。」

盧亦悅本來緊皺的眉間舒展開來，大大一笑，「眞的……很好嗎？」

我點點頭，見到對面女孩沒能掩藏的興奮之情。她看著自己的作品時，眼裡有光，輕撫紙張的指腹小心翼翼，不難從顫抖的指尖感受到初次設計被人肯定的激動。

現在想想，我自己似乎沒有這種時候，但在很多年前，我見過。

我記得溫歆被夕陽曬紅的臉頰，記得她跑了半個校園，拿著一份日報，朝我奔來。

我記得她身上的制服被汗水浸溼，也記得那瀏海碎髮因汗水而貼在額際，更記得她蹦蹦跳跳地將日報展示在我面前。

「我之前投稿的短篇故事刊登在日報上了！」

那時，夕陽下的溫歆，整個人閃閃發亮。我接過日報，跟她一起又叫又跳。

我看都沒看，就對著溫歆說大話，「上日報只是第一步，妳是以後要成爲大作家的人！」

溫歆赧然，嗔我一眼，推搡我一把，「不要亂說，我做不到啦。」

我勾著溫歆的肩膀，感受她肌膚的熱度，如我胸口一般暖熱。我對著溫歆斬釘截鐵地說：「我說妳會做到就會做到，我會陪妳到那一天來臨的。」

溫歆沒有說好，也沒有說不好，只是轉身撲進我的懷裡，緊緊地抱著我。

夕陽西下，我與溫歆的影子被拉得又細又長，最後交疊在一塊。

那個當下，是認眞的，並非戲言，卻沒有想過未來有一天，我沒能做到。

這一天的夕陽，與多年前那日有些相似。

我坐在路易莎中，看著盧亦悅收拾好設計稿，走向另一桌的柯雨安。柯雨安伸手摸摸盧亦悅的臉頰，那精緻偏冷的五官，有著溫柔笑意。

盧亦悅拿過她的帆布包，柯雨安挽著她的手，兩人挨在一塊，有說有笑地一同走出路易莎。

我一手支頭，一手放在桌上，掌下壓著一張邀請卡。

那是盧亦悅離開前，遞給我的園遊會邀請卡。

「園遊會？我才不要去。」

回家碰到紀晏恩時，我向她提出了邀約，不意外地她一臉不屑，揶揄道：「我可沒興趣去學校參加班親會喔，保母晨晨。」

我翻個白眼，懶得跟紀晏恩多說。

本來就猜紀晏恩不會答應，我只是不想一個人去逛，但被她嘲弄一番後，我便決定自己去了，順道跟盧亦悅打聲招呼。

我其實很想親眼看看，盧亦悅的視覺設計會如何呈現。

我乘坐計程車前往，請司機在路口處放我下車，遠遠就聽到學校那頭傳來笑語聲，好不熱鬧。

大學畢業後，這是我第一次走進高中校園，雖然這不是我的母校。母校，我大概這輩子都不會回去了吧。

校園兩旁擺滿花圈與氣球拱門，路口還有大型布偶吉祥物，整條街熱熱鬧鬧。隨著我走近學校，便見到越來越多穿著班服或是體育服的學生，三三兩兩地湊在一塊。

踏進校園時，從親善大使的手中接過刊物，我一邊翻一邊想，這眞是一場認眞的園遊會，不是我原本所想的給學生擺擺攤，體驗小市集樂趣那樣簡單，難怪盧亦悅會這麼認眞重視了。

我闔上刊物當作臨時扇子，沒下雨當然是好事，只是這天氣太過風和日麗。我在豔陽下尋找盧亦悅及她的班級，隨處一看，竟一眼見得。

怎麼形容那湧上胸口的激動呢？

我越過人群，站定在盧亦悅的班級攤位前，將面前的美好盡收眼底，深刻感受到了用心與細緻。

設計圖往往是美好的，設計出的物件卻時常不如預期。有時是因爲預算，不得不妥協；有時是因爲案主靈感爆棚，自行東加西減，最後變得四不像；更多時候，是設計師交稿後，作品不再只屬於自己，然而最清楚、最理解設計呈現方式的是設計師本人，最後定案的人，卻不會是設計師。

但盧亦悅的班級攤位，每一處都恰到好處，每一個環節都用心細膩，每一個部分都如此和諧，因而有了超乎預期的成果。

不知道盧亦悅花費了多少心思，才能讓班級攤位呈現到這種地步。

「晨姊姊！」

聞聲，我往旁一看，見到穿著皮革圍裙的盧亦悅朝我揮手，滿臉笑容，「妳眞的來了！」

我失笑，拍拍她的頭，「妳不是給了我邀請卡嗎？」

盧亦悅癟癟嘴，有些委屈，「可是我媽說妳很忙……」

縱然沒在現場，我也能輕易想像趙女士說這話的樣子，肯定是一臉正經。

我嘆口氣，無奈一笑，「再忙我還是會來一趟。妳媽呢？」

「她說要去訂全班的飲料，剛剛才走的。」盧亦悅答道。

我不意外趙女士會有此舉，她可是趙女士啊。盧亦悅貌似想與我再聊一會，但聽到班上有人在叫她，我便要她先去顧攤。

「對了，妳們學校洗手間在哪兒？」我問。

盧亦悅給我指了一個方向，我說聲等會見，便順著她手指的方向走去。

走進一樓女廁，我注意到結伴同行的女學生們，便想起自己高中時也時常跟同學一起去廁所。說不出爲什麼，就是習慣一起上洗手間，還有一同去裝水。

當時一點也不起眼的日常，現在想來卻覺得挺有趣的。

上完廁所，我走到洗手槽洗手，不經意抬頭一看，我不禁一怔。

「……溫歆？」

溫歆看到我同樣震驚，她愣在原地幾秒，才走到距離我兩格的洗手槽洗手。

怎麼又是在洗手間遇到……意識到這點，我不禁苦笑。但碰上了，也沒法裝不認識，於是走出洗手間後，我便主動打招呼：「妳也來園遊會？」

溫歆閃躲我的視線，點點頭，「嗯，我表妹在這裡念書。」

我瞭然地哦了聲，跟著道：「我客戶的女兒也念這所學校，所以就來一趟。妳逛完了？有什麼有趣的嗎？」

我跟溫歆一前一後走下階梯，她走在我面前，指著盧亦悅班級的攤位說道：「我全部逛完了，只有那一攤我有印象。」她邊說邊從口袋裡掏出宣傳單，遞給我，「先不假設有老師協助的話，這班整體的視覺與商品都很不錯，是小商家的水準了。」

我接過宣傳單，微微一笑，「感謝，我會去看看的。」

溫歆輕嗯一聲，環視校園一圈，看上去似乎有些侷促。她今天打扮輕鬆，白色雪紡紗上衣與牛仔褲，搭上高跟涼鞋，頭上有頂編織圓帽，整個人青春洋溢，還真像大學生。

大學時期的溫歆……我其實見過一次，就一次。

「嗯，我要去找我——」

「晨姊姊！」

溫歆話未說完，我便聽到熟悉的聲音傳來，我與溫歆往那方向看——

「芷珊？」

「盧亦悅？」

我倆同時出聲，然後有些詫異地看著彼此。

迎面走來的是一位老師與兩個學生，我指著盧亦悅身旁戴眼鏡綁馬尾的女孩，遲疑問道：「那是妳表妹？」

溫歆抿了下脣，點點頭。

我怔然，便見盧亦悅歡快地站定在我面前，逕自介紹道：「晨姊姊，這是我們的國文老師，旁邊是我朋友，也是校刊社的社長。」

我主動打了聲招呼，那位女老師朝我笑道：「您好，我姓劉，我是校刊社的指導老師。我聽亦悅說，這次班級攤位的設計都是由您指導，我很喜歡，聽聞您是專業的設計師，想請問您方便來我們社團講課嗎？希望您可以跟學生分享設計經驗。」

我錯愕地看著劉老師，再看看盧亦悅驕傲的神情，我失笑，主動遞了名片給老師與她身旁的校刊社社長。

「謝謝您的喜歡，但這次設計其實是亦悅自己的努力，我沒幫上什麼，若您願意讓我到社團分享，我當然很樂意。」

劉老師又與我寒暄幾句後，才領著溫歆表妹離開，而我本想抓住盧亦悅問清楚，卻先被遠處的趙女士把人給叫走了。

留下我跟溫歆站在原地。

我轉頭看向溫歆，發現她也正看著我。四目相迎時，那眼裡的情緒我沒看明白。

「白又晨。」

風起，話落。

「妳上次不是問我，還有沒有繼續寫作嗎？」

溫歆抬手按住自己的草帽，頭低了些，我沒看清她的神情，只聽見她的聲音悠悠傳來。

「妳看不起我，對嗎？」

我一怔。

想解釋些什麼，但見到溫歆的神情時，到口的話又吞了回去。

那是比哭還難看的笑容。

「我根本不想再見到妳的，白又晨。」溫歆拿下帽子，扯出笑容，望著我。

「見到妳，我就會想到自己說過怎樣的大話，我曾經那樣大言不慚……現在想來我只覺得很可笑、很可悲。」

溫歆嘆口氣，從口袋中掏出一疊宣傳單，自顧自地說：「我今天收到那麼多張文宣，唯一記得的就是妳指導過的那一張。不只我，那麼多人在不知情的情況下都喜愛妳的作品、妳的設計。當初說大話的是我，可眞正做大事的，卻是妳啊。」

「溫歆……」

「妳知道我最生氣的是什麼嗎？」溫歆走近我，微抬起頭，含著淚光的雙眼，直直看進我的眼裡，「是我自己。」

我微愣。

「我氣自己對妳抱持的心情……竟然是高興。」溫歆說得又急又快，咬牙接著道：「看到那麼多人喜歡妳的作品，我竟然……竟然不是忌妒。如果我對妳是單純的忌妒與怨恨，那我現在是不是會好過一點？」

話落，溫歆整個人像一顆洩了氣的皮球，她戴上帽子，瞅我一眼，便轉身離開。我想追上去，雙腳卻不聽使喚。

因爲我的膽怯。

我不敢追上去，不敢再從溫歆口中聽見更多。我呆站著，感受陽光的熱度與喧鬧的蟬鳴。

夏天終是來臨了。

「怎麼樣？園遊會好玩嗎？」

晚上，我帶了幾道熱炒回去，跟紀晏恩窩在沙發上吃飯時，她主動問我。

我省略了溫歆的部分，分享了社團邀約我當講師的事。她先是錯愕，然後推搡我一把，「哇靠，白又晨，妳今年事業運也太旺了吧？太幸運了！」

幸運嗎？

我放下碗筷，轉頭看向紀晏恩，盡量保持語氣平和地問：「在別人看來，我很幸運嗎？」

紀晏恩不客氣地翻個白眼，戳著我的腦門，「我跟妳講，妳這種問題別拿出去問，會被討厭的。」

「我——」

「我知道，妳想說自己也很努力，但是啊，白白，」紀晏恩打斷我，一面夾菜一面淡淡道：「沒有一個創作者是不努力的。」

我被堵得語塞，無法反駁。

「確實用『幸運』兩個字概括妳現在的成就，對妳而言並不公平，但是妳真的很幸運啊。」

紀晏恩夾了塊蝦球到我碗裡，彎彎唇角，「妳對自己的幸運要有自覺，才能對別人的處境更有同理心。」

語畢，紀晏恩扯開話題，跟我聊工作、聊學校，又聊客戶跟廠商有多刁難，語氣輕快，彷若剛才有些嚴肅的談話都是我想像出來的。

可或許，那是紀晏恩一直藏在心中的想法。

我沒想過自己是不是幸運的，只知道一路走來，我一直按部就班地完成該做的事，從學校的功課，到接案後的作品，我只是一直努力去完成。

靠「設計」維生這件事，我從沒猶豫過。自我到工廠實習並認識趙女士後，我便陸續接了數個商案直到畢業，沒有商案的空檔，我也會在網路上接一些個人委案。

從書籍到商品包裝，我都做過，稱得上是得心應手，便這麼做下去。

再者，我父母對我的最大幫助，就是讓我安心念完大學四年，不必擔心學貸以及生活費，所以那四年的所有委託，都是我可以自由運用的零用金。

或許我眞的是被歸類在「幸運」的那一群人吧。

畢業幾年，當初一起讀設計系的同學，並非所有人都當了設計師。有人去考公務員，有人去做餐飲業，也有人回家接事業，還有人直接轉換跑道，念了一個與設計毫不相干的研究所。

我跟紀晏恩是少數堅持下來的人。

用完餐，正準備起身去廚房洗碗時，欲進房間的紀晏恩忽然喊住我。

「白白。」

「嗯？」

紀晏恩一手搭在門把上，看著我，笑吟吟地說：「我沒有跟妳說過吧，我本來要放棄當設計師了，可偏偏看到妳那麼輕鬆地成爲接案設計師，我不甘心啊，所以拚命堅持下來了。」

我微怔，有些不可置信。

「所以，妳要繼續這麼強大，厲害得讓人生氣；妳要繼續走在我前面，我才知道自己前行的方向。」

說完，紀晏恩走進房間，關上房門，留我杵在原地，心口堵得慌。

望著紀晏恩的房門，我不禁想，自己這一路走來，是不是都過得太理所當然了？我從沒認眞想過，放棄夢想的人，是否常常是身不由己？眞正實現夢想的人，有時候，是不是也是因爲足夠幸運呢？

我一邊洗碗，一邊思考，我對這世界的認知，以及看待身邊人事物的角度，似乎眞的很狹隘。

我緩慢地意識到，我帶給溫歆的傷害，似乎不只有不告而別。

✦

簽約那天，下起了雨。

我沒帶傘，淋了些雨，有些狼狽地踏進大樓時，迎面碰上了溫歆。

「呃，嗨？」

溫歆上下掃了我一眼，面不改色地說道：「康經理請我下來帶妳上去，這邊請。」

「哦，好……」

我惴惴不安地跟在溫歆身後，一起走進電梯上樓。上班時的她穿著簡單素雅，剪裁合宜的白襯衫搭上一件卡其長褲，看上去乾淨俐落。

繼上次在校園碰見她，已時隔一週。無論是溫歆或是我，大抵都希望那日的記憶可以被抹除。

既然如此，便誰也沒再提起。

抵達七樓後，我隨著溫歆走出電梯，便見到康玫玟從辦公室走出來迎接。

今天的康玫玟紮著馬尾，戴著耳環，連身綁腰短裙，踩著低跟涼鞋走到我面前。她紅唇微彎，「歡迎，外面雨大嗎？」

我撥撥瀏海，甩甩頭，「還好，就是剛好沒帶傘，淋了一點雨，沒事。」

聞言，康玫玟轉頭對溫歆說道：「妳幫我泡杯熱茶，等等送來會議室。」

溫歆應聲，動作極快，我根本來不及攔下她，感到有些懊惱。康玫玟伸手拍拍我的肩膀，「晚點要是雨大，我開車送妳回去。」

我來不及婉拒，康玫玟便逕自走進會議室，我趕忙跟上去說道：「不用啦！我自己可以回去——」

「我不喜歡欠人人情，妳應該懂我意思。」她拉開椅子，雙手搭在椅背上，身姿慵懶，朝我莞爾一笑，「開車送妳而已，沒什麼。我原本是想讓溫歆順道載妳一趟，不過我想到她男友會來接她下班，所以就由我來吧。」

這時，溫歆剛好走進會議室，後半的話一字不漏地聽了進去。她放下熱茶，安靜地退出會議室。

話已至此，我也不推託了。忘記是誰跟我說過，接受別人的好意也是一種善意，我想在某些時候，這句話是對的。

會議室不大，兩個人相對而坐簽署合約倒是足夠了。我伸手接過康經理遞來的書面合約時，指尖不小心碰觸了一下。

好溫暖。

興許是我剛剛淋了點雨，常人的體溫對我來說是略高的吧。康玟玟皺起眉，將熱茶推向我。

「又晨，妳的手好冰啊。」她一邊說，一邊拉過我的手，放在杯身上，「趕緊喝，別感冒了。」

她的手若有似無地撫過我的肌膚，我悄悄將熱茶拿近自己，拉開了一些距離。

那雙手真的太過溫暖了。

我喝了幾口熱茶，身體頓時變得暖和。我翻了翻合約，便在文件末端簽上自己的名字。

「以後請多幫忙了。」我說。

康玟玟淺笑，隨意撥弄長髮，將髮勾至耳後，低頭看著文件一面道：「以後，確實有很多需要妳幫忙的地方……對了，我剛剛忘記問妳一件事。」

我疑惑地望著康玟玟，她抬起頭，「等一下會有人來接妳嗎？有的話，妳儘管拒絕我就可以了。」

我頓了下，總覺得字句中有貓膩，但想想大概是自己多心了，於是自嘲道：「單身狗一隻，哪有人來接？會找我的大概只有客戶跟案主吧。」

康玫玫輕笑幾聲，順勢道：「那就好。所以，妳跟蔓容認識很久了？」

我刻意忽略了前一句，至於後一句，讓我回憶了一下。

「從我大二到現在，少說也有五年了吧？她一直很照顧我，我很感激她。康經理也跟趙女士認識很久了嗎？」

話落，康經理的笑容多了幾分無奈，直視著我，薄唇微張：「只有我們兩個的時候，可以喊我名字的。」

我啊了聲，竟把這事情忘了，我尷尬道：「抱、抱歉，我還不太習慣……」

「沒事的。」康玫玫一手壓著合約，一手支頭，笑容美麗優雅，「以後總有時間讓妳習慣的。對了，妳上次在信中跟我提到的問題是哪部分？」

聞言，我拿出平板，她也拿出筆電，站起身走到我身旁坐下。我倆開始進入工作模式，來回討論與溝通接下來的方向與進度。

康玫玫離我很近，我隱約聞到一股淡香，是很淺、很輕的花香調，總覺得在哪聞過，但一時想不起來。

討論到一個段落，有人敲門，我往後一看，是溫歆。

「經理，我先下班了。」

康玫玟闔上筆電，笑容有些曖昧，「好。妳男友來啦？」

溫歆抿了下唇，點點頭，便關上門快步離開。

康經理看著溫歆離去的方向，一陣感嘆，「有男友真不錯，有人等自己下班。」

我跟著收拾隨身物品，隨口道：「康……我是說，玫玟，妳那麼好，沒問題的。」

「妳覺得我哪裡好？」

感覺有人挨近，我抬起頭，康玫玟的手隨意搭在會議桌上，微仰起頭，湊近我，眼神自下而上瞅著我。

我認真想了下，看著她明亮有神的眼睛答道：「坦率。」

康玫玟面容一僵，眼裡有些訝異，「坦率？」

我點頭，認真道：「我覺得坦率是很好的特質，我沒有，而妳剛好有，所以很好。」

康玫玟噗哧一笑，忽地挽起我的手，「走吧，我送妳回去。」

於是我便這麼被她拉出會議室，直往樓下走。

走到地下停車場時，我才想起來她身上那股淡香是什麼。

是橙花。

上車前，我望了眼外頭，一面道：「感覺雨勢好像變大了。」

「變大變小都無所謂，」康玫玟坐進車裡，將包包放至後座，「就算現在晴朗無雲，我也會載妳回去。」

「……爲什麼？」

康經理湊近我，伸手替我扣上安全帶，幾縷髮絲擦過我鼻尖，落在我的前襟上。

喀噠一聲，康玫玟抬起頭，彎彎脣角。

「有地方想帶妳去。」

「歡迎光臨！」

一踏進這棟日式建築，宏亮親切的招呼聲此起彼落，我疑惑地跟著康玫玟走進小館。

一位婦人從櫃檯走出，開心地向康玫玟打招呼：「妳來啦！咦？妳居然帶朋友？好稀奇。」

迎上那位貌似老闆娘的婦人視線，我微微點頭，康玫玟回頭朝我一笑，「是啊，想帶朋友來嚐嚐看。」

康玫玟領我坐到靠牆的位子，入座後，她說：「這裡是當地人才知道的小店，很好吃，妳一定會喜歡，我保證。」

我失笑，端詳起店內的裝潢，牆上貼滿老闆與老闆娘的合照，還有日本各地的漁港寫眞，以及一些日本常見的家電用品與酒類。店面不大，座位也不多，確實挺有隱藏版小館的味道。

若我一個人從這裡經過，根本不會想到要進來吃飯。

「這家店的老闆是日本人，老闆娘是臺灣人，兩人一起經營這間小館，味道很道地，生魚片也非常新鮮。」康玟玟望著我，在鵝黃色的暖光下，她的五官更加柔和，「上次跟妳吃關東煮的時候，就想著有天一定要帶妳來吃。」

我垂眸，說了聲謝謝。我到底何德何能呢？又有什麼資格讓別人這麼善待我？

康玟玟翻開菜單，推向我，我想了下，便請她幫我點餐。

她招手喚來老闆娘，點了一長串的餐點。老闆娘收起點菜單時，老闆忽然走來，並端上一瓶清酒。

「慶祝妳第一次帶朋友來，這酒我招待！」一身日本廚師裝的老闆如此說道。

我有些訝然，康玟玟面上浮起一絲赧然，神色有些驚慌，「唉唷，謝、謝謝，你們快去忙啦！」

笑容和藹的老闆夫婦繼續忙去，我一時間不知道說什麼才好，低頭吃起毛豆。

康玟玟大概也沒想到老闆會突然熱情地送酒招待，不由得有些尷尬，學著我吃著毛豆。

我覷了她一眼，噗哧一笑。

她紅著臉，瞪大眼睛，嗔道：「笑什麼啦，我平常不能自己一個人吃飯嗎？」

「可以，當然可以。」

丼飯與壽司適時地送上，康玟玟將盛滿生魚片的漁夫丼飯推向我，「這是這家店的招牌，妳吃吃看。」

幾乎溢滿碗公的生魚片量，足以與外面大型連鎖的日本品牌抗衡，甚至更勝一籌。

當我吃下第一口，便知道康玟玟說得沒錯。

「妳說得對。」我不禁讚歎：「我確實很喜歡。」

剛剛還略微尷尬的氣氛一掃而空，她目光明亮，驕傲地說：「我就說吧！」

我失笑，點點頭，忍不住一口接著一口，根本停不下來。

在小小的日式小館中，四人方桌擺滿各式餐點，我不禁慶幸中午只喝一杯鮮奶茶就趕著出門，現在才得以一道道享用。

干貝茶碗蒸、雞湯玉子燒、新鮮刺身以及炙燒壽司，每一樣都讓人讚不絕口，吃到一半我吁了一口氣，「這樣我以後要怎麼接受別家的日式料理？」

康玟玟兩眼笑得彎彎的，紅唇微張：「妳想吃日式料理的時候，可以找我一起來吃。」

我低下眼，喝了口味噌湯，熱湯暖胃，可胸口卻有一股涼意。

我沒說好，也沒說不好，只是不知道該回答什麼才好。

吃完一輪，桌上剩下老闆招待的清酒，康玫玟晃著玻璃杯，惋惜道：「可惜我要開車，不然就可以喝了。」

我思忖了一下，「還是先寄放在這兒？下次妳來可以喝。」

康玫玟望了我一會，才站起身走向櫃檯，然後拎著紙袋走回來，遞給了我，「我記得妳有室友，妳帶回去跟她一起喝吧。」

我一陣錯愕，連忙推拒，「不行！這怎麼好意思，還是妳帶——」

迎上康玫玟的視線時，我噤了聲，那個眼神讓我無法繼續說下去。

「給妳吧。」康玫玟輕聲道。

我道謝，伸手接過沉甸甸的紙袋。這頓晚餐的費用也是康玫玟付清的。

走出店外時，天氣微涼，我主動問道：「妳怎麼知道這間店的？」

康玫玟指著隔壁一條街，「隔壁就是文創街，我有時候假日會來這裡逛逛，有天無意間走過來才發現的……要去晃晃嗎？」

我摸著肚子，點點頭，「爲了我的體重，挺需要的。」

話落，見到康玫玟再次燦然一笑，我心裡才舒了口氣。

這區不是我平常的活動範圍，所以附近的一切，我都感到很新鮮、很有趣，康玫玟果然常來，我們一面走，她一面跟我介紹路旁的小店。

這條街兩旁林立特色小店，有賣古著、咖啡，還有許多文創藝品，以及異國服飾與美食，儘管時間有些晚了，但仍亮著燈的小店依舊不少。

走近一間澳式風格的露天酒吧，康玟玟忽然停下，我疑惑地順著她的視線望去，隱約見到那改建過的貨櫃屋小窗內，有個男人正在調酒。

「我喜歡過他。」

我一怔。

康玟玟語氣自然，彷若談論明日午餐吃什麼一樣隨意，「他是我大學學長，很帥，很特立獨行，我喜歡他兩年，直到他交了女朋友我才放棄。」

貨櫃屋內的男人沒有注意到我們，他正認眞地調酒，俊俏的側臉專注迷人，微捲的頭髮、微揚的脣角，還有俐落的動作，確實很有魅力。

康玟玟喜歡過那樣的男人，我並不意外。

「而他的女朋友，是我高中喜歡過的學姊。」

我震驚地看著康玟玟，她的雲淡風輕、她的毫不在意，讓我的心跳得極快，莫大的壓力席捲而來，我感到有些喘不過氣。

康玟玟側過頭，迎上我的視線，看著我的眼睛微微瞇起。

「又晨，妳說我很坦率，但其實不是這樣的。是妳讓我覺得，我可以跟妳說很多事。」

她深吸口氣，緩緩吐出，語氣微顫，「妳可能會想，我們不是才認識沒多久嗎？是的，但如果什麼都不願意說，就沒有讓妳了解我的機會了。」

直率又大方的人，果然很耀眼吧？那樣想做什麼就付諸行動去實行，眞的不容易啊。

而且，讓人好羨慕。

「謝謝妳願意告訴我。」我是眞心這麼想的。

康玫玫微微一笑，又拉著我晃了圈後，才開車載我回家。

下車前，她叫住了我。

「又晨。」

我彎下腰，探近她，「什麼事？」

兩旁的路燈亮起，在昏暗的車廂中，那雙眼睛特別明亮、特別有神。

「希望下次，我聽到的不是謝謝。」

康玫玫說這話時，眉眼彎了彎，看似笑著，可眸中似有些許遺憾。

我站在原地，看著她倒車離開，直到車子開到轉彎處再也看不見時，我才移開視線。

今晚的一切都很美好，也正因爲美好，所以我會怕。因爲沒有什麼是可以永恆不變的。

口袋忽地一陣震動，我拿出手機一看，抿了下脣，按下接聽鍵。

有些事情，是沒辦法逃一輩子的。

第四章

「白白，妳再說一次，妳要幹麼？」

我拿出清酒，放到客廳桌上，搔搔頭重複一次，「我說，我要離開幾天。」

紀晏恩坐在沙發上，抱著抱枕身子向後縮，上下掃視我，「會有黑道來家裡嗎？我需要跟著跑路嗎？」

我翻個白眼，伸手拍了下紀晏恩的抱枕，瞪她一眼，「少說風涼話。」

「哎，不是啊，妳一回來就面色凝重地說要打包行李，我認爲妳要跑路很合理吧？」

我懶得跟紀晏恩多說，拿出兩個玻璃杯，坐到她身旁，「我就該跟康經理一起喝，誰要留給妳啊？」

「哎唷哎唷！見色忘友啊——」

「妳頭啦。」我戳了下她的腦門，「哪來的『色』？不要亂說話。」

紀晏恩曖昧地看著我，賊兮兮地說：「那個康經理我看過，很正耶，沒有在跟妳開玩笑的，那御姊範眞的讚。」

我懶得跟她多說，斟滿清酒，塞給紀晏恩，「酒都還沒喝就廢話一堆，受不了。」

紀晏恩哼哼兩聲，喝了口酒，話題便轉到這酒的口感與來由，順勢問道：「哪買的？不錯耶，好喝。」

想到康玟玟雀躍的神情與驕傲的笑容，以及用餐時的種種，我便回道：「康經理朋友送的，她要開車不能喝酒，就轉送給我了。」

我沒說謊，只是沒有全盤托出。

想起康玟玟那時獻寶似的小表情，我沒辦法輕易將那間小館分享給紀晏恩。總覺得要是隨便向別人提起，好像會踐踏了某種很珍貴的東西。

紀晏恩說我真的是踩到狗屎，運氣那麼好；我說她真的不要頂著一張精緻高冷臉，說著猥瑣話。

幾杯清酒下肚後，紀晏恩才悠悠問道：「所以妳要去哪裡？去多久？」

我輕嘆口氣，本來就沒打算隱瞞，只是有點難開口。

「剛剛我弟打給我，說我爸住院了。」

「那……還好嗎？」紀晏恩難得正經一回，擔憂之情顯而易見。

我聳聳肩，兩手一攤，「我不知道，我弟大概也不想跟我多說，估計電話一掛，他就把手機拿去消毒了。」

我呵呵笑了幾聲，紀晏恩沒說話，只是伸手揉揉我的頭，又給我倒了杯酒。

酒盡之後，紀晏恩去了趟廁所，我躺到沙發上，不知怎麼地，覺得耳朵嗡嗡作響，臉頰又麻又疼。

但我知道，這些都已不復存在。

我看著天花板，瞇著眼，過了一會，有隻手橫在我的眼睛上方，爲我掩去刺眼的燈光。

「不要在這裡睡，回房間。」紀晏恩說。

我掙扎地站起身，搖搖晃晃回到房間，隨意躺在床上，感覺身體又沉又重。

「邋遢。」紀晏恩的語氣充滿嫌棄，手拉過我的腿，將我擺正，再掀開我的棉被把我塞進去。我努力睜開眼睛看她，只見她拉高我的棉被至脖子，將我整個人蓋得嚴實。

紀晏恩瞟我一眼，嘆口氣，在我隨酒意睡去前，隱約聽到她說了一句話。我當下沒能想清楚，便昏睡過去。

夜半醒來去廁所時，迷糊之間，才想起紀晏恩說了什麼。

「妳啊，快去快回吧，有我在家裡等著。」

成爲自由接案工作者後，最讓人感到慶幸的時刻，就是可以說走就走。

翌日中午，我打包完行李，下午便搭高鐵回老家。

這是我出社會後，第一次在非連假期間回家，還來不及做好見父母的心理準備，高鐵已經到站。

下車出站後，我輕吁口氣，感受到炙熱燙人的陽光才意識到我眞的回來了。

「姊。」

聞聲，我放下手機，抬頭一看，是妹妹坐在機車上朝我招手。

我向她走去，看見她那陌生的灰褐髮色，一時有些訝異。

好像是第一次見她染頭髮？我站定到機車旁，將行李放到腳踏板上問道：「要直接去醫院嗎？」

「我以爲妳會認不出我。」宥薇說。

我抬起頭，在她臉上端詳一圈，彎彎脣角，「這個髮色很適合妳，比妳黑髮時好看。」

聞言，宥薇燦然一笑，湊近後照鏡嚷嚷道：「對嘛！女生才懂啦，明明很好看，侑喬還說看不出來哪裡好看，欠揍。」

我失笑，搭著宥薇的肩膀跨上機車時，才意識到她眞的長大了，不再是個小女孩，而是滿二十歲的成年人。

宥薇先載我回家放行李，一面簡述爸的狀況。前些日子，他的身體就有些不舒服，胸口異常疼痛，有天晚上突然喘不過氣立刻送醫，現在可能要裝心臟支架。

「早跟爸爸說少抽菸、少喝酒了，他就是不聽啊。」宥薇一面幫我鋪床，一面淡淡道：「之後如果真的要動手術，身體就得挨上幾刀了。」

我瞭然地點點頭，簡單整理行李後，便隨著宥薇走出家門。

「妳要自己騎車去，還是坐我的車？」宥薇問。

家裡的車庫內，有臺爸的機車跟媽的買菜車，我看了眼，搖搖頭，「妳載我吧。」

宥薇將安全帽塞給我，「也行。姊，妳這次會待多久？」

「最多……一個禮拜吧。」我答。

那張與我不太相似的五官，讓我想起母親。家裡三姊弟中，只有我長得像父親，弟弟與妹妹都長得像母親。看著宥薇日漸與母親越發相似的面容，我感到有些難受，彷彿母親就站在我面前，眉頭緊鎖地瞅著我。

再次跨上宥薇的機車時，有那麼一瞬間，我想讓宥薇直接載我去搭高鐵，可最後我忍住沒有說出口。

這個家對我來說，真的太難了。

人是這樣的，每當以爲自己長大了、成熟了，總會在某個瞬間被打回原形。這時你才會知道，有些事情放在心裡，從未眞正放下。

抵達醫院後，我便感到一陣不適，但我告訴自己，不能逃，也不該逃。

關於父親的病情，我自然是擔心的，可我心底卻感到一絲恐懼。見到父親之後，我該說什麼？見到母親之後，我又能做些什麼？若他們談起我的近況、我的感情，我能面不改色地談笑嗎？

我眞的做得到嗎……我不知道。

可宥薇終是領我走到了病房門前。比我小六歲的宥薇，剛滿二十，身上散發大學生的青春朝氣，她也是我在這個家中唯一能說上幾句的人。

「姊。」

宥薇推門而入之前，忽地喚我一聲，又朝我一笑，「妳回去之前，我有件事想跟妳說。先跟我進來吧。」

話落，宥薇推開病房門，我暗暗深呼吸後，才跟著宥薇一同走進單人病房。

這間單人房並不大，但迎上父親的視線時，我忽地感覺空間急遽擴大，我明明正走近病床，卻覺得彼此之間的距離不斷被拉開。

好不容易走到病床旁時，父親微微仰頭望著我，扯動嘴角，啞著嗓子說道：「其實我沒有那麼嚴重，但能讓妳回來一趟也是挺好的。」

我低低嗯了聲，拿起床頭櫃的水杯，遞給父親，「喝點水吧。晚餐你想吃什麼嗎？」

這時，一旁的宥薇回應道：「侑喬說他會帶晚餐過來，跟媽一起。」

我的心咯噔了下，我狀若鎮定與父親簡單聊上幾句後，便藉故要去買飲料，逃竄似的，快步走出病房。

在醫院裡的每一次呼吸，我都感覺到胸口一陣疼痛。

印象中的父親，是高大、強壯的，是嚴厲的，更是不近人情的。

大病一場，讓他坐臥床上，看上去整個人似乎瘦了一圈。

我不知道怎麼形容這種感覺。

如果我的父親永遠那樣強勢又嚴厲，我是不是會一直理所當然地懼怕下去？我對他的恐懼深埋心中多年，每次見他，心臟都會發疼。

可我沒有想過，倘若有一天，他不再強壯，我又該以什麼樣的心態面對他？

曾聲聲句句指責我、責備我的雙脣，如今乾裂又泛白，連喝個水也是有氣無力。

他的語氣平緩又孱弱……我不禁想，他爲什麼不永遠高大又自傲，我就有理由一直懼怕他。

我不明白啊。

「又晨。」

我雙肩一顫，轉頭看去，是母親與侑喬從電梯那走來。我趕緊彎下腰，從面前的自動販賣機拿出瓶裝冷茶。

母親與侑喬走到我身旁，手上提著幾袋塑膠袋，裡頭盛裝晚餐。我喊了聲「媽」，想伸手幫忙接過晚餐。

然而侑喬的動作比我更快，他拿過塑膠袋道：「我先拿去病房。」便頭也不回地走向病房。

侑喬走後，母親拉著我絮絮叨叨地說了些話，我努力應聲，盡量讓自己看上去從容不迫。

可我知道，無論現在笑得多自然歡快，都是裝出來的。

走回病房後，我注意到站在窗邊滑手機的侑喬，比我上次見到時又高了一些，皮膚也曬得更黝黑了點。

我依稀記得，他上大學後過得相當充實，除了踢足球、打籃球，課後好像還會上健身房，將生活塞得充實緊湊。

那是完全與我不同的生活態度。

侑喬似乎感覺到我的視線，忽地抬起頭看了過來，我的心跳漏了一拍，佯裝鎮定地看了回去。

他臉色漠然，一語不發地再次低頭滑手機。

我別開眼，環視四周，看著這裡除我以外和樂融融的畫面，不禁苦笑。

我回來幹麼呢？我在這裡顯得這麼突兀……我低下頭安靜地吃著晚餐，偶爾母親會與我說上幾句，我便簡要地回答，說不上是聊天，只能說是問答。

待全家人都用完餐，我自願收拾垃圾與廚餘，宥薇也自告奮勇，說要帶我去認識環境。

走出病房，宥薇靠了過來，放輕音量問：「妳會覺得吃得消化不良嗎？」

我扯了下嘴角，聳聳肩，「很難不這麼覺得吧。」

「那就好，因爲我也是。」

我瞅她一眼，忍俊不禁，也只有單獨與她待在一塊，我才能稍稍喘口氣。

其實小時候，宥薇是非常不喜歡跟我一起玩的，反倒是侑喬總跟在我屁股後面到處瘋、到處玩，整天一起搗蛋作亂，然後一同被大人拎著去罰跪。

但不知道從什麼時候開始，我與侑喬變得無話可說。

或許是因爲我離家，又或許是他長大了，發現姊姊沒有值得自己崇拜的地方後，便看不起了吧。

誰不是一邊幻滅，一邊長大的呢？

我以爲我能永遠做個讓弟妹喜歡、依靠的長姊，可最後我只成了不愛回家的遊子。

對我的弟弟、妹妹來說，我大概是可有可無的存在，我的父母也同樣這麼看待我。

走進茶水間，我將手中的餐盒與廚餘簡單分類，一回頭便發現宥薇不知道什麼時候溜走了，我搖搖頭，走到洗手槽將雙手洗淨。

伸手關上水龍頭，不經意抬頭一看，被鏡中的倒影嚇得往後退。

「侑、侑喬？」

侑喬面無表情地望著我，淡淡道：「媽要我問妳，今天晚上可以照顧爸嗎？她想回家休息一下。」

我點頭，「當然，這就是我回來的原因。」

侑喬不知道想些什麼，眼中含著一絲情緒，極細微地哼笑一聲，便轉身離開。

望著他拉高不少的背影，我不禁想，在這個家裡，我最感到不捨的大概就是他了吧……

翌日，父親確定要動手術裝心臟支架。

我跟在母親身邊，見她顫抖著手簽下同意書。我們都知道以父親的身體狀況來說，安裝心臟支架並不算是高度危險的手術，可或許是想到父親要挨刀，母親便覺得不捨。

父親被推入手術房後，母親執意要在手術房外等候，要我跟宥薇去附近逛逛，我與妹妹便一同離開醫院。

一踏出醫院，宥薇的手機響起，她接起電話走到一旁，不知道與誰交代父親的情況，我沒興趣細聽內容，坐到一旁的長椅上。

一會，宥薇掛上電話，坐到我旁邊，主動說道：「是我男友打來的。」

我轉頭看著宥薇，見她手握手機，笑容淺淡，「其實我滿高興妳現在回來的，我才可以大方地聊他。我覺得，爸媽好像不太喜歡他。」

「怎麼說？」

宥薇嘆口氣，聳聳肩，「嫌他窮吧，嫌他家裡環境不好……」

沒想到有一天我會跟宥薇談論感情話題，一時間，我也不確定該說些什麼才好，於是我問道：「你們怎麼認識的？」

「我們是同班同學，分組報告時才變熟的。一開始覺得他很笨，後來慢慢覺得，他其實笨得……很可愛。」

喜歡一個人，總有些跡象的吧，我望著宥薇提起男友時的神情，三分羞怯、三分喜悅，還有四分是惦念。

「他對妳好嗎？」

「好。」宥薇毫不遲疑地點頭，「除了爸媽以外，全世界他對我最好。」

「那就沒問題了。」我說。

宥薇的神情複雜，似是高興又似是難過，她垂頭看著自己的鞋尖，喃喃道：「如果真的沒問題那就好了。如果妳在家或許有機會，但我知道妳做不到。」

我沒有辦法堅定地告訴宥薇，這次回來我不會走。而且我的心裡有個聲音不斷喧囂，要我離開這裡。

既然我總會走，就代表我跟宥薇能這樣相處的時間並不多，我便直問：「這就是妳想跟我說的事情嗎？」

「不完全是。」宥薇站起身，伸了個懶腰，「我確實是想跟妳說我交男朋友了，還有……我想，我會跟妳一樣吧。」

我疑惑地看著宥薇，她撥弄被風吹散的灰褐色短髮，凝視著我。

「跟姊姊一樣，畢業後就拋棄家裡搬出去。」

我一怔。

宥薇朝我一笑，笑容燦然，眼裡卻毫無溫度。接著，她說要跟男友見面，便邁步離開了。

人在什麼時候會感到孤獨呢？大抵是想說些什麼時，拿出手機翻了翻聯絡人，卻沒有任何一個人可以讓自己聯繫的時候吧。

我收起手機，離開院區後，漫無目的地走在熱鬧的街道上，經過一間糕點店時，我停下腳步。

收了人家的東西，該給回禮才好。我想了一下，掏出手機，傳了訊息過去。

不一會兒，我的手機響起，我猶豫幾秒才按下通話。

「喂？」

康玫玟的嗓音溫潤，我跟著「喂」了聲，一面看著櫥窗內的糕點問道：「妳吃芋頭嗎？」

「我很愛吃。」

我輕笑，「那妳吃芋頭酥嗎？我看了一下，不拆封的情況下可以放一陣子，我下禮拜拿給妳應該還行。」

康玫玟語帶疑惑，「不能這禮拜嗎？」

「我其實不在家……」

在人來人往的街道上，我拿著手機站在人群中，康玫玟問我，是不是外出旅遊，所以恰巧帶伴手禮回去。

我本想說是，卻發現喉頭發不出聲音。

倘若我說是，那一切便合情合理，無須多作解釋，可我發現，我沒有辦法雲淡風輕地說什麼事都沒有。

一瞬的沉默中，康玫玟先我一步開口問道：「又晨，妳還好嗎？」

我並沒有不好，眞的，但爲什麼我沒辦法立刻回她：我很好，一切都沒事呢？

於是，我回道：「還好，就是走得有點急，有點亂。」

「又晨，妳不好，是嗎？」

我沉默，不知道怎麼反駁。那嗓音溫柔又誠懇，像根羽毛，輕輕搔著我的耳朵，似是春日裡的風，舒適宜人。

「妳願意告訴我，妳在哪裡嗎？或是，妳發生什麼事了？」

「我——」

「妳不值得別人對妳好，白又晨，妳不值得。」

溫歆的那聲哭吼驀然浮現，那句話纏了我好些年，揮之不去。

「我……沒事的，我回去再跟妳聯絡。」

沒等康玟玟回應，我道了聲再見就掛上電話。看了眼糕點店，再看看時間，便回頭走向醫院。

是啊，我不值得，溫歆並沒有說錯什麼。

我不值得。

父親的手術相當成功，只需再住院觀察幾天即可出院。

我本想今晚也留下來過夜照顧父親，但母親不肯，我只好在晚餐過後回家。

家裡有我，還有侑喬。

宥薇偷偷溜出去找男友，我跟侑喬都睜一隻眼、閉一隻眼，誰也沒多嘴。那是宥薇的自由，我們無權干涉。

我本想將自己關在房間裡，這樣才不會打擾到侑喬，但八點過後，樓下傳來騷動，我下樓查看，發現有兩個男生攙扶侑喬進家門。

他們見到我，打了聲招呼，指著一臉不情願的侑喬說道：「這傢伙今天晚上不知道哪根筋不對，一直恍神，打個籃球把自己給摔傷了，腳不小心扭了一下。」

我趕忙讓出空間，他們將侑喬扶到沙發上。侑喬臉色難看，坐上沙發後便攆人走。我向他們頻頻道謝，一路將人送到門外。

我看了眼客廳，侑喬已躺在沙發上。見狀，我輕嘆口氣，走進廚房熱湯。

「我不餓。」

冷硬的嗓音自客廳傳來，我沒搭理，熱好湯後，我盛了一碗走到客廳放在桌上。我站在沙發旁，見侑喬一手橫過眼前，儘管臉上的表情被遮擋，我也能感覺到他的心情很差。

我瞅他一眼，折回廚房從冰箱裡拿出冰枕，再走回沙發旁時，聽到一聲冷笑。

「妳憑什麼啊？」

我默然地看著他，繞到腳踝處，蹲下身想查看他的傷勢時，他猛地坐起身，朝我大吼：「妳憑什麼裝出一副好姊姊的樣子？憑什麼？」

我望著侑喬，胸口隱隱作痛。

「說走就走、說搬就搬，妳走得很瀟脫啊！有沒有想過妳走了之後，這個家誰顧？」

字句中無處不是埋怨，我知道侑喬討厭我、怨恨我，可我沒想到會見到他露出這樣的表情。

「妳既然決定要走，就不要回來了啊。」他的嗓音沙啞，雙眼氣紅，直直盯著我。

「妳憑什麼把自己擺在受害者的位子……」侑喬雙手掩住眼睛，他咬著牙，說得又急又快，「爲什麼總是一副世界欠了妳的樣子？爲什麼總是一副妳委屈、妳退讓的模樣？爲什麼妳總是保持沉默，什麼都不說？爲什麼不管做什麼事情，妳都不講出來，要做什麼就做什麼——」

我隱約在他的眼角見到了淚光。

「……爲什麼只有妳可以活得這麼任性？」

我站起身，將冰枕放到桌上，我的手指被冰枕給凍得通紅。

縱然我沒有說，還是會感覺到痛。

他所有的控訴，我都接受，也不會反駁，只有一點，我想讓他知道。

也只有這一點，我可以告訴他。

「侑喬……」我疲倦地喊著他的名字，我的腦門抽痛著，「你說的都沒有錯，但有件事，我得告訴你。」

我拿起沙發另一側的毛毯，攤開蓋在侑喬的身上。

「我沒有想要扔下你跟宥薇，從來沒有。」

如果說，我對這個家有什麼牽掛，那便是弟弟侑喬，以及老么宥薇。

我長他們幾歲，有些事情我看得比他們更明白，但我沒辦法、也不想讓他們知道，我到底在顧慮些什麼。

轉身走上樓前，我看了眼侑喬，他垂著頭，瀏海遮住了眉眼，我沒能看清楚他的表情，也不忍深究。我雖然心中有愧，但不曾後悔。

夜半時分，我翻來覆去，輾轉難眠，放在床頭櫃上的手機螢幕一亮，在昏暗的房間中特別刺眼。我拿起一看，是康玟玟的訊息。

「妳在臺中嗎？」

我有些驚訝，我不曾跟她提過我老家在哪，她是怎麼知道的？我很快地想到溫歆，但溫歆會告訴她嗎？

我拿著手機躊躇片刻，才發了條訊息：「妳怎麼知道？」

康玟玟很快就已讀訊息，傳了句「有聽到垃圾車的廣播」我才恍然大悟。

她的下句緊接著傳來，「妳方便接電話嗎？」

我看了眼房門，主動打電話過去。

「喂？」

「又晨，」康玟玟含笑的嗓音讓我想起冬日裡的暖陽，「臺中有什麼好玩的嗎？」

我想了下，答道：「很多啊，一中街、勤美綠園道、逢甲，還有東海教堂跟高美溼地……」

「那妳什麼時候回來？」她突然問。

「應該週末吧……我還沒訂高鐵票，怎麼了？」

「跟妳談個條件。」她語氣歡快，沒半點談判的嚴肅，「妳當我的臺中一日遊嚮導，我載妳回臺北，怎麼樣？」

「啊？」

「不行嗎？」她的語氣軟下，像顆柔軟的棉花糖，讓人有些招架不住。

身處狹小且堆滿雜物的房間，我不禁想，或許我真的該出去走走了，於是我回道：「也不是不行……」

「那就週末見了，又晨。」

電話掛上後，我輕吁口氣，頓時覺得下臺中一趟，似乎也不全然是件壞事。

✦

父親術後的恢復情況良好，住個兩天即可出院。

宥薇主動提議要載我去高鐵站，我請她讓我在一中街附近下車，我跟她說和朋友有約，她不在意地聳聳肩。

「姊姊果然多的是我們不認識的朋友呢。」宥薇面帶笑容地說，像一株帶刺的玫瑰，看著冶豔美麗，實則遍布針刺。我想，她對我的厭惡，大概不亞於侑喬吧。

抵達一中街附近後，我下了機車，將安全帽遞給宥薇。

「姊，妳會一直待在臺北嗎？」

我微愣，思忖了下才回：「我不知道……」

「總之，不會搬回臺中對吧？」

我的確有這樣的想法，也許我不會一直待在臺北，但我確實沒有打算回臺中。我的沉默或許讓宥薇察覺到了什麼，她彎彎脣角，淡淡地說要我保重。

看著宥薇騎車離去的背影，我想之後團聚的機會只會越來越少吧。

我跟康玟玟約下午一點碰面，她負責開車與玩耍，我負責規劃行程，很快地便達成共識。

在停車場入口處，見到一輛眼熟的白車從眼前駛入，並降下車窗朝我揮手時，我才有了出遊的真實感。上次出遊，已經是好久以前的事了。

康玟玟停好車後，我心裡忽地一陣緊張，怎麼形容這種感覺呢……我總覺得不該貿然答應下來，可在那當下我也想外出透透氣。

這種不安感，在見到她的笑容時，竟煙消雲散。

「又晨——」

康玟玟一面揮手，一面朝我走來。她穿著剪裁合宜的短版褐色西裝套裝，內裡有件白色貼身背心，簡單俐落且不失朝氣。

當她站定在我身旁時，那雙眼睛裡的明亮笑意，令我跟著莞爾一笑，「康……玟玟，路上有塞車嗎？」

她自然地挽起我的手，語氣輕快，「還好，妳等很久了嗎？」

我低頭看了眼她挽著我的手，我應該要抽離的，可迎上她的笑眼，退意自然萌生。

我們邊聊邊走進一中商圈，往我預訂的餐廳走去。我訂了一間風評極好的義式餐廳，店內裝潢走自然森林風，二樓甚至有輛復古敞篷車停在桌與桌之間，一旁搭配仿眞路燈，營造出國外街頭的模樣。

訂位之前，我大概知道店內的裝潢風格與特色，但康玟玟並不知道，所以一見到這奇特的景象，她驚喜地看著我，直嚷著「好有趣」、「好新奇」。

我稍稍放下心來，她不排斥這種風格的餐廳實在太好了。

在自家公司裡，以及商談合作時的康玟玟，總是游刃有餘、精明幹練，從不拖泥帶水，但私底下見面次數多了，我越發覺得，也許她的心裡仍住著一個粉紅少女。

所以我才選了一間特色活潑的義式餐廳，而不是高檔的餐酒館。

見康玟玟拿起手機頻頻拍照的燦爛笑容，我想是選對了。

我們的座位恰巧被安排在那輛復古敞篷車旁，點完餐後，康玟玟指著敞篷車，認眞地問：「又晨，妳覺得這輛車眞的可以開嗎？」

「啊？」我愣了下，隨即大笑幾聲。

她滿臉漲紅，要我不准嘲笑她，可我止不住，直到餐點送上才緩和笑意。

康玟玟一臉鬱悶，微癟的嘴透露她的不悅。我微微一笑，放下叉子，主動將她放在盤緣的蝦子拿過來，在她疑惑的視線下，動手剝起蝦子。

剝蝦這件事情對我來說不難，我也不怕弄髒手，沒想到康玟玟也學著我，拿走我盤裡的那隻蝦剝了起來。

我倆互看一眼，她忍不住先笑了出來。

「這畫面好像挺荒謬的？」她剝蝦的動作毫不遲疑，漂亮白皙的手指沾了蝦殼上的青醬，「謝謝妳幫我，所以我也想幫妳。」

我將剝好的蝦子放回她的餐盤上，隨口說道：「一般女生不是都希望有人幫自己剝蝦嗎？」

「妳也是女生啊，又晨。」

我一頓，沒想到會得到這樣的回應。

她慢條斯理地剝著蝦，一邊道：「妳是妳，我是我，我們可以互相幫忙的。」

話落，她站起身，舉著手去了趟洗手間，而我先用溼紙巾抹淨手指，坐在位子上等她回來。

對我來說，照看他人是刻入骨裡的習慣。自小在家中照顧弟妹，上學之後時常隨手幫同齡的女生搬桌椅、抬便當，再長大一些，遇到了溫歆。

與溫歆交往的那幾年，我沒少幫她揹書包、拿課本，倒也不是她要求我得這麼做，而是我習慣了。

我習慣照顧別人，所以康玟玟的一句「妳也是女生」徹底讓我懵了，不禁感到有些侷促。

在她眼裡，我到底是什麼模樣呢？

等康玟玟回來後，我也去洗了手，步出洗手間時，眼前的畫面令我皺起眉頭，加快腳步走回座位。

康玫玟長得很好看，一雙杏眼炯炯有神，巴掌大的瓜子臉與脣角完美的弧度十分吸引人，她雖然大我五、六歲，但外表年齡看起來與我差不多。

大抵因爲如此，幾個毛沒長齊的高中生才會來桌邊搭訕。他們大概以爲康玫玟是大學生。

我本來有些擔心她會感到困擾，可仔細一看，她笑容自然，並沒有困窘之色。

回到座位上，康玫玟瞅我一眼，忽地朝我伸出手，輕握住我的手，另一隻手對他們揮了揮，「好啦，我女朋友回來了，你們該走了。」

我一愣，看見康玫玟俏皮的笑容，大概明白她的意思，沒出聲否認。那群高中生哀號幾聲，便惋惜地走開了。

他們一下樓，康玫玟便收回手，出聲解釋：「抱歉，剛剛被小鬼們搭訕，這樣說比較快擺脫他們。」

我點點頭，「我明白，不過妳這樣好犧牲，委屈妳了。」

她不明白地看著我，「犧牲？我不覺得犧牲或是委屈啊，我只擔心妳會覺得困擾而已。」

我看了眼四周，不知是不是因爲方才小小的騷動，有幾桌客人朝我們投來關注的視線。我低頭，又搖搖頭，「沒關係。」

後來，康玟玟沒再說話，我們便安靜地用餐，直到離開餐廳走進一中商圈後，她才主動開口。

「一中街變化好大啊。我最後一次來一中街，好像是高中時候的事了。」

我與她並肩走著，聽她如此說，我便順著話題問：「妳高中在臺中念書嗎？」

「沒有，我是高雄人，只是當時喜歡的學姊來臺中比賽，我來看她。」

我一頓，心裡下意識想逃避這個話題。我清楚知道「愛」有各種形狀，有異性戀、同性戀、雙性戀，甚至還有無性戀、泛性戀……這些我都明白，但我不想去談論，也不想讓人知道。

我會怕，無論對方帶著善意或惡意，我都會怕。

所以，我沒有接續這個話題，轉移焦點道：「我上次回去有查一下，妳那個學長好像是很有名的調酒師，我還有看到他的專訪，很厲害。」

康玟玟的視線停留在我臉上，幾秒後，我先別開了目光。

「我學長確實滿厲害的。」康玟玟挽起我的手，語氣自然，「畢竟是我曾喜歡過的人，雖然我當時的心態更像小迷妹崇拜大神的感覺。」

康玟玟不知道想起些什麼，兀自輕笑幾聲，「老實說，我根本不了解學長，也不知道自己在不了解他的情況下，還談什麼喜歡呢……」

這個話題對我而言是陌生的。在溫歆之後，我忙於課業與工作，沒想過要找對象，生活中曾出現的，都是短暫的過客。

這些年，不是沒有男性對我示好過，我也曾嘗試接受，可每每在最後一步，要確認關係的時候，我都踏不出那一步。

我總是忍不住退縮，一次又一次。

久了，我也感到疲倦了，像我這樣的人，與其出去殘害誰的心意、踐踏他人的好感，不如自己生活。

現在的生活並沒有不好，我也沒想過要改變，也害怕改變。

「跟妳說，我念的大學在貓空山上，妳知道上下山是多麻煩的事嗎？我爸媽還說我人在臺北用不到機車，不准我騎機車，我當時爲了跟同學去看學長，滿身大汗地努力走下山，眞的超瘋。」

我安靜認眞地聽著康玟玟說話，她聊著大學時的回憶，我在旁聽著也覺得有趣。

我們走過一間娃娃機店，她看了過去，談話戛然而止。

「那個好可愛！」

我順著她手指的方向望去，那是一臺擺滿角落生物的娃娃機，裡頭不是一般的角落生物娃娃，而是穿著聖誕斗篷僞裝成麋鹿的角落生物。

我走了過去，站在機臺前，側頭問她：「妳想要嗎？」

康玟玟猶豫了一下，搖搖頭，「我不會夾娃娃，算了，我們再去別的地方逛逛——咦？」

我沒被她拉走，逕自掏出零錢投入機臺試抓。

「又晨？」

「妳喜歡哪個？」我問她。

她遲疑了兩秒，才指著靠近洞口的藍色恐龍，「我喜歡這隻。」

「那我試試。」

機臺的背板映出我與康玟玟的身影，她乾淨清秀的臉上有著孩童般的興奮與雀躍，我微微一笑，試著按下機爪，將整隻娃娃拎起。

娃娃機播放著活潑童趣的音效，在歡快的音樂中，我抓起娃娃，爪子自動放爪，娃娃懸空墜落，反彈，再滾到洞口——

「又晨！妳夾到了！」

我蹲下身，手伸進洞口拿出披風小恐龍，遞向又叫又跳的康玟玟，「給妳。」

她兩眼笑得彎彎的，轉身就把小恐龍掛在自己的包包上。

見狀，我失笑，「不覺得不搭嗎？」那可是名牌皮革斜背包，掛隻恐龍小娃娃總覺得有點滑稽。

康玟玟不在意，護著那隻娃娃說道：「我才不在乎別人覺得搭不搭，重點是我喜歡。只要我喜歡，那就沒問題了。」

這句話也沒錯，無論是包包還是小娃娃，只要她本人喜歡就可以了。

滴答。

走出一中商圈準備前往下個景點時，天空忽地落下一滴雨。抬頭一看，雨勢漸大，我趕緊拉著康玫玟走回車上，午後的雷陣雨總是那樣不講道理。

我與康玫玟互看一眼，她面露惋惜，「可惜下雨了，這樣還能去草悟道跟勤美嗎？」

「恐怕……不太行。」我只安排了戶外行程，一時間也不知道可以去哪裡，我看了眼時間，現在回臺北時間也不算早。

「好吧。」康玫玟妥協地嘆口氣，「今天我玩得很開心，謝謝妳啊，會夾娃娃的小導遊。」

我笑了笑，替她將包包放到後座時，看了眼包包上的小娃娃。

雖然有些意外的插曲，但今日的小旅遊，我滿開心的。

瞅了眼情緒明顯低落的康玫玟，我一邊繫上安全帶一邊說道：「那個……今天沒有去到的地方，下次再去吧。」

「眞的？」她杏眼圓睜，欣喜之情溢於言表。

我頓了下，點點頭，「妳不嫌棄的話。」

車外大雨滂沱，車內放著廣播，康玟玟一邊開車，一邊跟我嘮嘮叨叨地說了許多話，不知道是不是外出走走眞的會讓人放鬆下來，我坐在副駕駛座，竟感到有些睏。

在我努力撐著眼皮保持清醒時，聽到康玟玟輕聲道：「又晨，我猜妳這幾天並不好過，但我不會多問，我希望妳跟我相處時是輕鬆自在的。妳睡一下沒關係，我會安全送妳回家的。」

我不敵睡意閉上了眼，康玟玟後邊的話，我一字未聞。

很久以後我才知道，她當時跟我說了什麼。

她說，我們來日方長。我沒什麼傲人的優點，唯一值得提的，是我擅長等待。

我願意等，我等得起。

我已經等妳兩年了，不差現在。

第五章

臺中行過後，我的生活沒有什麼巨大的改變。

我依然整日泡在設計案中，每天都爲了處理與完善康玟玟公司的案子而焦頭爛額，但這次的設計我做得很開心。

因爲需要頻繁來回確認細節，我與溫歆幾乎每個工作日都會通信，信件內容離不開工作。

這樣也好，我想。

成堆的案子中，一封來自學校社團的信件吸引我優先點開，我才想起那日在園遊會上，我答應過要去學校校刊社分享設計印務經驗。

收到信的晚上，盧亦悅也打了通電話給我。

「晨姊姊，我想說打電話給妳感覺比較正式，有打擾到妳嗎？」

「沒事，晚上我都很閒的。」我正在廚房泡柚子茶，準備晚點繼續熬夜趕案件，「信件我收到了，簡單來說，就是問我哪個禮拜三有空對吧？」

「對，學校會支付姊姊車馬費跟演講費，但是費用不高就是了。」

聽著盧亦悅略帶歉意的嗓音，我輕笑幾聲，不在意地說：「那妳下次得跟我繼續分享設計集才可以嘍。」

盧亦悅開心地驚呼一聲，跟我保證期末考後，一定會將手邊的作品給整理完畢。

紀晏恩雖然常說猥瑣話，但有件事她沒有說錯。

盧亦悅只要繼續抱著理想踏入設計圈，有一天一定會受傷、一定會感到失望，在那天來臨之前，我想保護她那顆喜歡設計的心。

我想讓盧亦悅知道，往後若是有一天，她的作品、她的理念，甚至整個人都被全盤否定的時候，可以想起我曾對她說過，我喜歡她的作品。

如果能稍稍拯救墜入絕望谷底中的她，那就好了。

跟盧亦悅約好下週三可以到校分享後，正準備掛電話，遠遠地就聽到另一端趙女士拔高嗓門，喊著：「又——晨——下次帶妳去吃燒烤啊！」

「媽！我耳朵要聾了！欸欸妳桌上那個馬克杯要倒了！」

聽著電話另一頭的兵荒馬亂，我不禁大笑，最近怎麼這一個個都想餵我吃飯？

我收起手機，準備回房繼續熬夜，一轉身整個人嚇得後退三步，杯中的茶也不慎灑出。

我穩住茶杯，大聲道：「靠腰！紀晏恩妳不知道人嚇人會嚇死人嗎？」

「我現在這狀態應該跟鬼沒兩樣……」頂著黑眼圈的紀晏恩有氣無力地說，整個人宛若喪屍。我默默又退後了一步。

紀晏恩瞪我一眼，「妳這時候不是應該要發揮室友愛，上前來接住我嗎？」

聞言，我嚴正道：「我不要，電影裡的異變人都是因爲被喪屍咬了一口。」

話落，我跟紀晏恩上演你追我跑，最後雙雙累倒在沙發上。

紀晏恩感慨道：「我實在無法想像大學時是怎麼去夜唱的？那個夜唱後立刻去上早八的我是鬼嗎？」

「不是鬼，是年輕妹妹。」我涼涼應聲。

「白又晨！」

我怕紀晏恩哪天眞的會把我給埋了，笑了幾聲後，我才說道：「所以，妳一副要死不活的樣子到底是怎樣？」

「就剛剛我終於結案了，想找妳狂歡，結果看妳在講電話啊。」

我微抬眉稍，出言恭喜，聊沒幾句，紀晏恩便將話題轉到我身上，「康經理那邊的案子，妳處理得怎麼樣？」

「還行，就是很多細節要來回溝通，這次是整個系列視覺大改，所以有很多部分要處理。」

紀晏恩「喔」了一聲，那拉長的音節與饒富興味的眼神，讓我覺得她鐵定不懷好意。

「這就是妳處理案子處理到人家肉體上的原因嗎？」

「噗——咳、咳……紀晏恩妳有病啊！」

我就不該一邊喝茶一邊跟紀晏恩說話，險些嗆死自己。我狠狠瞪著她，看她漫不經心的眉眼，我眞的差點一把掐死她。

紀晏恩卻雲淡風輕地說：「要不然，那天她爲什麼在我們家樓下停那麼久？」

我微愣，皺起眉，「哪一天？」

「妳從臺中回來的那天啊，車子在樓下停了至少半個小時，不是處理肉體不然是什麼？妳還穿著人家的外套進來耶。」

我翻個白眼，「紀晏恩妳講話不要這麼猥瑣，白費妳精緻高冷的臉……」我嘴上這麼說著，心裡卻有些慌。

我不知道這件事。

我只記得當我醒來時，發現身上披著外套，安全帶不知道何時已經被解開了。迷迷糊糊之際，記得康玟玟這麼說：「妳眞會挑時機醒來，我們才剛到妳家。」

我立刻清醒，頻頻向她致歉。

我沒意識到她其實已經等了許久。她沒有叫醒我，就這麼讓我昏睡過去。

匆忙之際，我穿起外套立刻下車，在進家門前，才想到身上這件不是我的外套。剛折返想歸還外套，康玟玟卻降下車窗，淺笑道：「妳穿著吧，下次再還我。」

我本來想，洗過外套再還人家也好，結果工作一忙，竟把這事給忘了。

我站起身，戳了下紀晏恩的腦門，快步走回房間。

紀晏恩在沙發上嚷嚷著「見色忘友」、「拋家棄子負心女」，我關上房門直接無視。

在雜亂的房間花了點時間找到康經理的外套，我拿起外套抖了抖，打算明天用手洗時，意外發現了外套口袋中有異物。

是發票嗎？我手伸進外套口袋，拿出一看，不禁愣住。

那是一個御守，嚴格說起來是御守造型的贊助卡——一張由我設計的贊助感謝卡。

大學時，有次系上想舉辦成果展，無奈經費不夠，所以大家分工，有人負責拉贊助，有人負責做宣傳，而我被分配到的工作就是製作贊助卡。

我那時想過許多方案，最後選擇將回饋贊助者的紀念卡做成御守造型，而那些贊助卡，我拿到廟裡過香爐。

我懷著虔誠、感激的心，拿著製作完成的贊助卡一張張地在廟宇裡過爐。我當時想，願意出資贊助窮學生的人，無論金額多寡，都值得感謝。

所以即便幾年過去了，我還是印象深刻，第一眼就認出來。

我撫著上頭磨損的痕跡，回憶翻湧，想起自己大抵是在那時候確定出社會後要走設計的路。對當時的我來說，能設計出別人喜歡的作品，就是我的設計理念。

只是，爲什麼康玟玟有這張贊助卡呢？難道當時她也有出資幫忙嗎？

我只負責製作贊助卡，贊助名單我沒有過手，但當時贊助人中有趙女士；既然有趙女士，她那時應該會將康玟玟介紹給我才是。

然而，我沒有這個印象。

將御守塞回外套口袋中，縱然有滿腹疑惑，但這是康玟玟的隱私，我已在無意間冒犯，不能再得寸進尺。

本想詢問康玟玟何時方便讓我將外套送過去，突然想起，這幾天我得去印刷廠看打樣，屆時再順道送過去就好。要是她不在，我就交給溫歆。

我想得很簡單，不料事情後來變得有些複雜。

從印刷廠拿到打樣後，我去了一趟康玟玟的公司。

我特意將外套拿去送洗，出門時放入牛皮紙袋拎著外出，來到康玟玟公司樓下，本想寄放在警衛大哥那邊，但他相當熱情地讓我上樓。

「康經理還沒下班，妳可以直接上去。」警衛大哥說。

八點多了，她還在嗎？我揣著疑惑上樓，電梯抵達後，我走往辦公室，注意到室內的燈已關了大半。

所以是康玟玟自主加班？那做爲下屬的溫歆，是不是也留在公司？思及此，我放緩腳步，走近玻璃門時，聽到裡頭傳來交談聲。

「你眞的很煩！」

是康玫玟的聲音，音量略大，我聽得一清二楚，那甜膩的語氣、撒嬌的口吻，使我瞬間起雞皮疙瘩。

正猶豫到底該不該走進去時，聽到了玻璃瓶互相碰撞的清脆聲響，伴著一道男聲響起，我立刻舉步走了進去。

往一旁的半透明窗望去，不禁一怔。

會議桌上擺滿酒瓶，康玫玟在裡面，手持玻璃杯，雙頰泛紅，神情迷茫，笑容嬌憨。坐在她身旁的男子，我見過一次。

是文創街的調酒師，也是康玫玟的大學學長，更是她喜歡過的人。

兩人的狀態有著天壤之別，康玫玟明顯喝茫了，我不禁皺眉，不太明白爲什麼她會在會議室喝成這樣？還有，她學長怎麼放任她喝醉？

正想著爲何男方貌似相當清醒時，便見到他忽然站起身，湊近康玫玟，在他彎下腰挨近她時，我的雙腿比腦袋動得更快，就這麼闖了進去——

「打擾了。」

他倆同時抬頭看向我，我盯著半身倚在桌上的康玫玟，她臉上有著困惑與震驚，眼底漸漸漫開一絲笑意。

我雖然心跳極快，但仍故作鎮定，「我來歸還康經理的物品。」

男子看向我，神情似笑非笑。

他一手支著桌面，低頭向康玟玟問道：「認識的？」

康玟玟大大地點了下頭，欲站起身，我連忙上前，在她踉蹌不穩時先調酒師一步接住她。

確認她無恙後，我才稍稍鬆口氣。

轉頭看著往後退一步，雙手隨意插在口袋中的調酒師，微勾的唇角笑容迷人、俊俏的五官相當深邃，我不禁想，自己會不會……太雞婆了？

如果康玟玟其實是想製造與調酒師獨處的機會呢？我的心頭細微地拉扯了下，扶著康玟玟坐下後，我將紙袋置於地上，見桌面上散亂的酒瓶，忍不住蹙眉。

「我是Chris，是調酒師也是酒品負責人，不是什麼奇怪的人。」

聞聲，我轉頭看去，Chris雙手抱臂，半身倚牆，含笑望著我，「學妹是喝得有點醉，但我可沒想過非禮她——嗯，如果她願意當然也不是不行。」

我瞇起眼，對他的輕浮調笑沒什麼好感，手下意識地往後護。

Chris又說道：「如果是你情我願的情況下，妳還會擋嗎？」

我微怔，手正想放下時，手腕忽地被抓住。

我錯愕地往後一看，康玟玟面紅耳赤地說道：「亂說！你、你最煩！我喜歡你都是幾百年前的事了！」

是不是喝醉後都會讓人年齡下降？我無奈一笑，瞟了Chris一眼，他雙手一攤，「好好好，我煩，都我煩，反正我要走了——」

Chris的視線掠過我，停在我身後的康玫玟身上，笑容別有深意。

Chris離開後，我隱約聽見細細的呼吸聲，輕吁口氣，我轉身查看康玫玟的狀況。

目光拂過她臉上每一吋，我彎腰輕問：「妳還好嗎？」

康玫玟瞇著眼，顯然酒勁仍在，有些緩不過來。我輕嘆口氣，沒想到還個外套會碰上這種意外。

我走出會議室，走到茶水間倒杯水，折返時，發現康玫玟人不在位子上。

我一驚，翻遍四處沒見著人影，正擔心她是不是迷迷糊糊跑出去時，聽到室內一處傳出砰的一聲，趕緊走向聲音的源頭。

「康玫玟——」

「唔……」

順著聲源找去，才知道爲什麼剛才沒見到她……躲在桌子下的人，該從何找起？

我無奈一笑，蹲下身，正想扶她起身時，發現她打開了紙袋，翻出外套，有什麼東西緊緊攥在手裡。

我定睛一看，是那個御守。

「太好了，這個還在……」康玟玟緊緊握著，低喃如夢囈，「沒有不見就好……」

桌下光源不足，窩在下方的她神色難辨。

我拉過她的手，感覺指尖微熱。興許是酒後體溫升高，又或許是我過於緊張，接觸的肌膚彷彿要將人給燙著。

「康……玟玟，這個御守妳是從哪裡得到的？」

忽地，康玟玟宛若觸電一般，迅速收回手，站起身離開了桌下。康玟玟身子不穩，我伸手扶著她，見她死死握著那個御守，我放輕語氣哄道：「我沒有要搶走，我只是想知道……我們以前見過嗎？」

她稍稍推離我，拉開了彼此間的距離，拿過桌上的水，她坐到會議桌旁的單人沙發椅上，擰開瓶蓋，安靜地喝水。

半晌，康玟玟望向我，目光變得有神了些，她低頭好好地收起御守，再抬首時，紅脣微張，低聲說——

後來，我開車送康玟玟回家。

我不禁慶幸因爲印刷廠離捷運站較遠，我特地開車出門，現在才能載康玟玟回家。

等紅燈時，我看了眼副駕駛座上昏昏欲睡的康玫玟，不禁想起臺中行那天的我們，與那時相比，現在顯然角色互換。

見她一臉醉態，我不由得感到一陣心慌，要是我今天沒有剛好去她公司一趟，那現在她會在哪裡？Chirs真的會好好送她回家嗎？

我不知道，也無從問起。

雖然不清楚來龍去脈，我大抵能從散亂在桌上的文件與空瓶推敲一二。或許是公司之後要與Chirs負責的酒品聯名，現在先試酒，但不知道爲什麼，康玫玟會放任自己醉到這種地步？

她該有多信任學長，還是她壓根不在意可能會發生的危險呢？

我跟著導航拐彎進巷子，確認地址後，將車停在路邊停車格，出聲喚醒康玫玟。小睡片刻的她迷糊地睜開眼，揉揉眼睛，打個哈欠，那毫無防備的模樣，好像一隻毛茸茸的小奶狗。

「妳家是哪一棟？」我問道。

「那一棟。」康玫玟指了一個方向，「我住二樓，我可以自己上去。」

我嘆口氣，傾身替她解開安全帶，淡淡道：「妳不可以，我送妳進去。」話落，我下車繞到副駕駛座，半抱半扶著她，緩步走向那棟建築。

康玫玟依靠在我身上，我這才注意到，她看似清瘦的身型，竟意外有線條感，沒有看上去那般瘦弱無力，應該是有在健身。

爬上二樓穿過走廊後，康玟玟指了指右手邊寫著「D-2」的門，我接過她的鑰匙，順利轉開。

兩房一廳一衛浴，還有一陽臺的延伸空間可以煮飯、洗衣曬衣，雖然空間不大，但應有盡有。

「右邊那間書房也是客房，左邊是臥室……」

我回神，趕緊將她扶進臥室，我輕輕將康玟玟安置到床上，才鬆了口氣。總算平安將人送回來了。

兩房一廳的空間，對一個單身上班族來說，算是不小。

我是找了紀晏恩分租，才有機會住到空間稍大的兩房一廳。

環視四周，空間稍亂，想到康玟玟一個人住在外面，沒有照應的室友，我便動手整理起環境。

「又晨。」她喚我的聲音帶著濃濃睡意。

我應了聲，聽到她說：「妳要走了嗎？妳可不可以……」後邊的話，淹沒在細細的呼吸聲中。

我站在臥室門口，沒說好，也沒說不好，只是道聲晚安，幫她關上燈。

將沙發上散亂的衣物摺好，再將桌上的空碗與紙盒處理掉，然後走到陽臺，把水槽中的碗一併洗了。

注意到洗衣機中有洗好的衣服，也順手拿起來曬。

我沒打算來個徹底清潔，那樣太過踰矩，忙完一輪後，我簡單拖個地做結尾。

看了眼時間，凌晨兩點，現在離開似乎有些晚了……我想了下，便躺到沙發上。

照顧人與打掃消耗了一些體力，在陌生的環境中，我竟很快地有了睡意。

望著天花板，我想到康玟玟在公司中，跟我說的那句話——

「又晨，妳把我認成誰了嗎？」

我微怔，忙不迭地向她解釋，她像是不在意地輕笑幾聲，便說她想回家了。

那麼……那個御守，到底從何而來呢？

還是多年過去，其實是我記憶錯亂，御守根本不是我設計的，是出自別人之手？

但那是我第一個商品化的作品，我怎麼可能記錯？

越想腦袋越發昏沉，眼一閉，便不敵睏倦，昏睡過去。

再醒來時，鼻子聞到了食物香氣。

我悠悠睜開眼，對陌生環境愣了好幾秒，慢慢想起昨晚的一切。

「醒了？」

我立刻坐起，身上的毛毯跟著滑落。撿起毛毯，往陽臺看去時，迎上含笑的眉眼。

「通常這時候，我應該要很賢慧地煮飯，抓住妳的胃之類的，但是……」康玫玟面上浮現一絲赧然，不自在地說道：「因爲我廚藝不佳，所以，我點了鼎泰豐。」

我噗哧一笑，徹底醒了。

康玫玟拿出餐具與外送袋放到矮桌上，她坐到我旁邊，打開電視，「我家電視有裝電視棒，可以看電影、看影集還可以看YouTube，妳喜歡看什麼？」

過於日常的對話讓我有些怔忡，彷彿我本來就生活在這空間似的。

康玫玟瞅我一眼，聽到我回答YouTube時，她便隨意點開一則大胃王的影片。

「昨天……謝謝。」她小聲說。

「沒事，我剛好有空。」我吃著小籠包與蝦餃，不禁讚歎鼎泰豐果然品質保證，外送享用也相當美味。

我本想只要我夠自然，康玫玟也可以不在意，但她卻面色複雜，眼裡盛滿我看不明白的情緒。

見狀，我放下碗筷，故作輕鬆地說道：「近看妳學長，我才發現他眞的很帥，感覺……」想起他輕浮的笑容，我實在無法誇他，便委婉道：「不差。」

康玟玟失笑，夾了顆燒賣到我碗中，「他就是小女生會喜歡的雅痞男，但我長大了啊。」

所以……不再喜歡了嗎？

我瞅她一眼，發現她頂著素顏，面容清秀，比上妝時更親切一些。

注意到我打量的視線，她瞬間起身想逃回房裡，我趕緊說道：「我覺得妳素顏跟化妝一樣好看——嗯……如果我說妳素顏更好看，妳會不開心嗎？」

康玟玟愣了下，失笑，「我會有點哭笑不得，但……挺開心的。」

用完餐，我們一起收拾桌面，我看向那間書房，隨口道：「一個人住兩房一廳，很不錯耶。」

康玟玟身子一頓，我意識到自己是不是說錯什麼時，她聳聳肩，故作輕鬆地應道：「前男友搬出去之後，我懶得找新的租屋處，就這麼住下去了。」

我早該想到的。一般而言，一個人上臺北找房子不會一開始就住兩房一廳，我怎麼沒想到是有人搬走？

在我感到有些侷促時，康玟玟忽然喊我。

「又晨。」

「嗯？」

暖陽斜斜地照進屋內，陽光在穿著輕便居家服的康玟玟身上鍍了一層金邊，整個人看上去更加柔和。

她望著我，嗓音輕柔。

「妳……會想跟我一起住嗎？」

我一愣。

興許是午後陽光太過溫暖，又或許是平淡的合租日常令人嚮往，無論爲何，在瞬間萌生出這樣的想法，無可厚非。

我理性上明白，可以爲此給出一個合理解釋，可心跳還是漏了一拍。

「那個……我的意思是，我這邊房間也空著，然後也不打算收高額房租，呃，總之——」

康玫玟神色慌張，深怕自己被人誤會的侷促模樣，使我忍俊不禁。

她一頓，緊張的神情緩和了些，「我只是想讓妳知道，當妳有需要時，希望妳可以想到我。」

並不是別有所圖、並不是想從妳身上索取些什麼，不是這樣的——不知爲何，我能從康玫玟眼中，讀出這些話。

「謝謝。」我微微一笑，打從心底眞心道：「我會記得的。」

說著會記得，其實是沒辦法忘記。

我總會記得一些小事，一些別人可能已經忘記，可我放在心底深處的小事。小至同學隨口的一句稱讚，大至指導教授不輕不重的肯定。

而關於溫歆的事，我全都記得。重逢之後，那些過去多年的回憶，無論悲傷或是歡喜，我都沒有忘記。

我曾認眞想過「家」會是什麼模樣。

與溫歆交往時，我想像中的家是這樣的——

一間房，兩個人，三隻貓狗，以及和諧的兩家人。我喜歡狗，溫歆喜歡貓，這並不妨礙我們組成一個家。

那時與溫歆說過，高中畢業後，縱然我們大學可能不同，但也要在同一縣市，這樣才能一起租房子。

當時說的「以後」是那樣的具體。

「如果可以，希望找到那種兩房一廳一衛浴的空間，不需要很大，小小的也很好。」溫歆說。

我那時還抗議，爲什麼要兩房啊！

溫歆戳著我的額際，笑容燦爛，「這就是我要兩房的理由。」

她解釋，要是上大學後繼續寫作，自己需要一個獨立的空間，如果我在旁邊，她會分心。

「因爲妳比什麼都重要啊，又晨。」

我蹭著她的臉頰，心裡早已服軟，低喃著：「那我們一定得找到兩房的租屋處！妳必須寫下去！」

我記得溫歆的笑容，也記得我那時喋喋不休說了好多。

在離開康玟玟家前，我又環視了室內一圈。

這樣的空間，是我高中時的夢想，只是當初與我談著「以後」的那個人，已與我的此刻、未來無關。

「抱歉，又晨，我昨天麻煩妳了。」康玟玟邊說邊送我到樓下，一路陪我走到巷口。

我搖搖頭表示不介意，只是想起Chris輕浮的笑容，忍不住眉頭微蹙，「喝酒沒有不行，只是要小心一點，就算是……認識的人也一樣。」

我原本想說「喜歡的人」，但想到康玟玟昨晚的態度，於是改口。

她或許是感覺到了什麼，本來帶笑的清麗面容瞬間凝然。

「又晨。」

我微怔，也斂起笑意，低應一聲，安靜地瞅著她。

「我真的，沒有喜歡學長了。」她語氣微顫，似是隱忍些什麼，然後鄭重道：「誰都可以誤會，但妳不行。」

康玟玟說完隨即轉身離開，她腳步急促，我愣愣地看著她的背影，連聲「再見」

都來不及說。

初夏方至，連風都是燥熱的，在康玟玟走進租屋處後，我頂著豔陽回到車上，剛打開冷氣，便注意到副駕駛座上有張紙條。

我拿起一看，莞爾一笑。

這是一張大餐抵用券，不得當日兌換，限下次碰面使用。

我能想像她在寫這張「餐券」時的明媚笑容，脣角彎了彎，將餐券收進皮夾。

每個人一生中會遇見各式各樣的人，有些人的出現燦若豔陽，康玟玟於我大抵就是這樣的存在。

對現在的我來說，這道陽光是溫暖一些，還是刺眼多一點？

我想著她說的「下次」，心裡其實是遲疑的。

我們，眞的有那麼多個「下次」嗎？

三個月的工期結束後，我跟康玟玟還會繼續往來嗎？

對於溫歆而言，三個月之後應該是一種解脫，不用因爲公務而被迫跟我聯絡，也不用再因爲想起過去而感到撕心裂肺。

而我，會回歸到被趙女士帶去婚宴前的平淡日常，生活如一灘死水，毫無波瀾。

想到那樣的「之後」，我有些恍然。

輕吁口氣，方向盤一轉，我朝著租屋處反方向駛去。

✦

什麼情況下會不想讓人知道自己在幹麼呢？大抵有三種情況：壞事、奇事與蠢事。

我現在的情況顯然是第三種。

一個人坐在海堤旁的涼亭上，桌上擺著筆電，說有多造作就有多造作時，紀晏恩剛好打來。

我看著桌上震動的手機，隨著遠處潮聲不斷，思索不接電話會引發的後果。

就紀晏恩那種奇葩個性，會不會真的去警局報失蹤人口？

我感覺冷汗直流，在電話切斷前一刻接起。

「喂？」

「呦，還沒死嘛，還能接電話啊，過夜不回家是不會說一聲嗎？」她嗓音冷涼，我能想像紀晏恩現在掛著嘲諷笑容，瞇起眼的表情，「我給妳一分鐘解——等一下，我聽到的是海浪聲嗎？」

下一秒，我默默拿遠手機，避免耳聾。

「靠腰，白又晨妳人在海邊幹麼？妳要自殺嗎？不要選擇跳海啊！妳以爲妳是作家還是演員嗎？大可不必選一個又冷又臭的戲劇性死法欸，吞安眠藥不是比較實際嗎？」

我頭開始痛了，她的腦迴路眞的異於常人，我有時會懷疑，跟她處得來的我，是不是也是怪人？

最後在紀晏恩的淫威之下，我說出了漁港地點。雖然我一直強調今晚一定會回家，但紀晏恩沒在聽人說話，要我待在原地等她。

其實這裡離市區不遠，因爲沒有發展成觀光漁港，遊客稀少，像我這樣坐在涼亭裡使用筆電的人，大概沒第二個了。

空氣中有海水的鹹味，還有雨後的清新。

我也不知道自己爲何而來，只是有時心煩，會來看看海。面對廣闊無邊的大海，我內心的陰鬱會慢慢地縮小，最後回歸平靜。

我會想像自己的煩惱是一顆顆裝在罐子裡的玻璃珠，整罐砸碎後，灑在波光粼粼的大海，那些不值一提的煩心事，會這麼乘海漂遠。

而我就有勇氣面對明天的到來了。

在日落之前，一抹熟悉的人影騎著機車緩行而來，那人騎進一旁的停車場，摘下安全帽後，朝我揮揮手。

是紀晏恩，那個說到做到從不失信的紀晏恩。

她走到海堤後，視線在我身上轉了圈，瞥了眼我放在桌上的筆電，然後遞了個蚵嗲給我，「好吧，看來是本人沒錯，畢竟會在這兒用電腦的高級社畜應該只有妳。」

接過蚵嗲，我不客氣地翻個白眼，「還眞是謝謝妳這麼會劃重點喔。」

我將放在涼亭上的物品簡單收拾，放回車上後，一邊吃著蚵嗲一邊跟紀晏恩在日落時分的海堤上散步。

橙色夕陽照在我們身上，紀晏恩眺望遠方，「其實這樣挺美的，妳要在這跳海沒問題耶。」

「我就說我沒有要自殺！我眞要死也會在這之前掐死妳！」

紀晏恩一臉同情地看著我，那張在日落之下的精緻面容本該讓人爲之傾倒，可偏偏這人是紀晏恩啊。

她大笑幾聲後，歛起幾分笑意，問道：「從昨晚到剛剛，妳到底幹了什麼事？」

我不想瞞騙紀晏恩，便將昨晚的事省略部分後簡單說給她聽。

語末，紀晏恩突然坐下，我便也跟著坐下，我們面著海，海潮聲未曾停歇。

「白白啊。」

「嗯？」

「妳說，我們認識多久了？」紀晏恩問道。

我想了下，「大學同寢至今，大概有七、八年了，爲什麼問這個？」

紀晏恩雙手向後，坐姿隨意，微仰起頭，任風拂過面頰，輕聲道：「我認識妳這麼多年，第一次感覺到有人走進妳的生活。」

我微愣，感覺自己的表情有點僵，但我還是盡量保持輕鬆地回應：「在說什麼啊……我當然還是有朋友的——」

「妳明白我的意思，白白。」紀晏恩打斷我，語氣淡然，「這些年來，妳當然人脈廣闊，認識許多客戶與案主，合作對象形形色色，我都看在眼裡，可是沒有一個人眞正走進妳的生活裡，難道妳眞的沒有自覺嗎？」

正是因爲我隱約感覺到什麼，才會不安與煩心。

我怎麼會覺得可以瞞過紀晏恩呢……她是待在我身邊最久的人，這些年來遇人無數，來來去去之中，只有紀晏恩一直都在。

紀晏恩是我的室友、好友兼損友，更是如同家人一般的存在，但正因爲她最靠近我，我才感到害怕。

我在心底深處早已認定自己不會有伴侶，對父母而言我也是可有可無的存在，要是哪天我連紀晏恩這個朋友都失去了，會有多孤獨呢……我不敢想。

日落短暫，談話卻是漫長的。

我雙手抱膝，下顎輕靠膝上，紀晏恩的聲音，伴著入夜後的海潮而來。

「要我說明白一點的話，白白，」紀晏恩的視線落在我的臉上，薄唇微張，「我覺得康經理挺好的，妳跟她沒有不可以——」

「怎麼可以了？」

我沒忍住情緒，慌得像個孩子一樣，用大聲去壯膽。

紀晏恩怔忡，在昏暗的夜色之中，神色難辨。

「白又晨，妳……」

「我不是。」我的語氣在顫抖，胸口脹疼，難受不已，「紀晏恩，我不是。妳說沒有不可以？妳當然無所謂……針不是扎在妳身上，妳怎麼知道痛？」

這與紀晏恩無關，可當我眞的從她口中聽到那些我不願面對的現實時，我第一個反應還是逃。

不但逃，還遷怒。紀晏恩並沒有義務要承擔與包容我的情緒，在停車場路燈亮起時，我清楚看見她的面容，她的臉上毫無怒意，只是靜靜地看著我。

我別開了眼，抱著手臂，感到一絲寒冷，不自覺蜷縮在一塊。

「妳說的並沒有錯，我確實不明白。」紀晏恩的嗓音平和，「我也沒辦法體會妳的感受，但有件事我挺確定的。」

忽地，我感覺右肩一沉，紀晏恩偏頭靠在我的肩膀上，與此同時，我的眼前忽然有細狀物在她手上左右搖晃。

「這什麼？」我疑惑地問。

紀晏恩輕笑一聲，又從口袋中掏出一物塞到我手上，我定睛一看，有些愣住。

「這不是打火機嗎？所以那是……仙女棒？」

「正解！」

紀晏恩將兩根仙女棒拿在手上，催促我趕緊點火。海邊風大，我嘗試點了幾次都沒點著，我們面面相覷，不禁大笑。

「眞的是太不浪漫了！」我笑道。

在我打算放棄時，紀晏恩不畏寒冷，脫下外套擋風才順利點燃仙女棒。她得意洋洋地遞給我其中一枝，直直地看著我。

「要是剛剛放棄了，現在就玩不到仙女棒了。」瞧紀晏恩一臉得意，我出聲敷衍幾聲，從她手上接過仙女棒時，她低聲道：「總得先盡力試一試，再來談放棄。對我來說，眞正帥氣的不是堅持不懈，而是用盡全力之後的放棄，OK？」

那個晚上，兩個年過二十五的女人，在海邊玩著仙女棒，踩著沙子大呼小叫，甚至一度引來附近野狗，怕得爬回海堤上，躺在涼亭裡的木椅上大笑不止。

在仙女棒的火光下，紀晏恩的笑容一如既往，沒有因爲稍早的對話而有所改變。意識到這點時，我鼻頭有些酸。

涼亭的木椅很冰、很涼，可我一點也不覺得冷。手臂橫過眼前，我能感覺到心跳有些快。

紀晏恩一邊喊著腰痠背疼，一邊道：「眞不該在二十六歲玩這個，我們應該要在十六歲玩的，唉唷，我的腰……」

我輕笑幾聲，「是啊，如果能在十六歲認識妳，那就好了。」

那當時的我是不是可以更有勇氣一些？

如果那時，有個人可以給我一個笑容，我是不是會好過一點？

如果那時，有個人可以告訴我，妳與溫歆這樣挺好的，這沒有什麼的，我會不會做出不一樣的決定？

如果……

「又晨啊。」

紀晏恩含笑的嗓音乘風而來，傳入我的耳裡，拂進心裡。

「無論妳喜歡誰，都沒關係，妳都是我朋友。」

在模糊的視線中，我不禁想，如果能在十年前聽到這句話，那就好了。

第六章

這是我第二次踏入盧亦悅的學校。

倘若當年授業的高中老師知道我在十年後，會以設計專業教師的身分到校講課，不知會有多訝異。

就學期間，我絕對不是一名「聽話」的學生，師長予我的評價常是「可惜」二字。

腦袋聰穎，可惜不愛讀書，成績中等。

長相清秀，可惜活潑好動、大手大腳。

人緣頗佳，可惜不愛參與班級活動。

想法獨特，可惜對於領導沒有興趣。

這些「可惜」好像是在說，無論我做些什麼，永遠都不夠好。

那時與我形影不離的溫歆，得到的評價與我完全相反。

聰敏好學，是同學間的模範。

溫柔細心，是老師的好幫手。

乖巧聽話，是父母的好女兒。

大將之風，未來定是可塑之才。

有時站在溫歆身邊，我一面感到驕傲不已，一面覺得惶恐不安。溫歆很好，好得大家都覺得溫歆不該跟我那麼要好。無論是友情，抑或是愛情，似乎都有優劣之分。

午休結束的鐘聲響起，我抬頭四處張望。

「晨姊姊！」

一道熟悉的女聲傳來，我轉頭一看，朝盧亦悅揮揮手。

盧亦悅走近時，我看了她一眼，噗哧一笑，指著她額際趴睡印出的紅印說道：「午休有睡飽嗎？」

盧亦悅立刻意會到我的意思，瞬間赧然，手摀住額際道：「有啦！我帶姊姊去社團教室。」

我微微一笑，與盧亦悅一面閒聊一面走向教學大樓。

閒談之中，我才知道盧亦悅也是校刊社的幹部之一。

「妳怎麼會想參加校刊社？」我很好奇盧亦悅的入社理由，校刊社對於一般的高中生來說，應該不會是社團首選。

「其實，我自己也滿意外的。」盧亦悅雙手隨意插在外套口袋中，「我高一的時候跟現在的校刊社社長是同班同學，她想參加校刊社但沒有人陪她，我是無所謂，所以就和她一起參加了……」

盧亦悅青澀的面上漾開笑容，「就是因爲進入校刊社，才發現自己對設計有興趣——我們到了。」

走上三樓，一對師生站在門口迎接我們。

我打了招呼，園遊會上見過面的劉老師帶我進教室，接著跟我確認接下來四十五分鐘的課程內容。

老實說，我有些緊張，儘管我不是第一次在眾人面前說話，卻是第一次在班級授課。

上課鐘聲響起，社員魚貫進入教室，我看了一旁協助播映PPT的盧亦悅一眼，見著她純粹的笑容，我感到心安了些。

我站到講臺上，想起自己高中時，也是坐在底下的學生……那時的我，會希望聽到臺上的講者說些什麼呢？

在劉老師替我開場完後，我接過麥克風，視線巡了底下一圈，開口道：「我高中參加的社團是康輔社，那時候學校也有校刊社。我那時對校刊社的想法是，『大概是一群擠不進去康輔社的人』。」

底下隱約有笑聲，我順著話題繼續說道：「想不到風水輪流轉，十年後，我一個康輔社的大學姊，現在會站在校刊社教室裡，跟你們聊設計——這告訴我們，做人要留一步，話別說太死。」

四周又有些笑聲傳來，比剛剛多了些。

我正式進入今天主題，問了圈底下學生「你所認爲的設計」，得到了不同的答案，最後我說道：「你們都說得很好，如果要問我這個設計人的話，我只會給一個非常俗氣的回答——『設計就是給人看的東西』，這答案很康輔社，是吧？」

底下笑聲此起彼落，我看了盧亦悅一眼，見到她帶笑的眼眸有一絲崇拜，我彎彎脣角，請她繼續放下一張投影片。

一堂課可以分享的東西其實相當有限，我與劉老師討論過，最後以過去我製作過的刊物與書籍和大家分享。

當我還是一名學生時，希望臺上的講者既專業又風趣，希望講師是可以帶給我收穫的人。

我不確定自己是否做到了，不過，我眞的盡力了，所以就算結果不好，心裡也能坦然接受。

下課前五分鐘，準備進入問答環節，我其實是有些不安的，不是擔心自己答不出來，而是怕沒人想問，場面會很尷尬。

然而，出乎預料的，學生們發問踴躍，顯然五分鐘不太足夠。見到來不及發問的學生面露惋惜，我想了下，便請盧亦悅替我將名片放在講桌上。

「我就不一一下去發名片了，怕你們以為我是做直銷還是保險業務員。等我哪天像個『真』設計人快餓死在路邊的時候，請有拿到名片的各位未來老闆們打給我，謝謝。」

底下又是一陣笑聲，我跟著輕笑幾聲，結束這次的講課。

劉老師從教室後方走向我，我們一同走出教室，她相當客氣地送我下樓，待走到一樓，我正要道別時，她忽然叫住我。

「不好意思，請問您急著要走嗎？」

我微愣，搖搖頭表示留下無礙。

她面色凝然，上課鐘聲恰巧響起，學生多半都進教室後，劉老師輕聲道：「希望可以跟您借一步說話……是關於亦悅的事。」

學務處旁有個會客室兼茶水間，空間不大，但足夠讓兩個人待在裡面談話。

劉老師一進會客室就替我泡茶，待她入座，我便直問：「亦悅怎麼了嗎？」

我其實想不透，會有什麼和盧亦悅有關的事情是需要問我的？我不過就是一個她認識的姊姊，她媽媽長期合作的設計師，僅此而已。

「其實，這件事情擱在我心裡一陣子了，我沒有讓任何人知道，一直在想怎麼做才好，直到聽完您的分享後，我想我的直覺應該是對的。」

我疑惑地看著劉老師，她的年紀相當輕，目測只大我一、兩歲，應該是剛到校就職一、兩年的新手老師。

新手老師總是能對學生抱持著熱忱，才會這樣重視與看待，至少，我的經驗是如此。

見劉老師有些惴惴不安，我放緩語氣，「老師想說什麼儘管說，妳可以叫我的名字，也不用加敬語的——我想我們應該算是同輩。」

劉老師瞭然一笑，雙手交疊放在大腿上，漸漸扣緊。我安靜地等待她的下文。

「我時常聽亦悅提起妳，我能感覺到，亦悅非常信任妳、喜歡妳。對亦悅來說，妳是一位非常可靠的姊姊，我想，這件事情應該可以跟妳討論看看——」

我隱約感覺到，劉老師要跟我提起的事，我不會喜歡。

「關於亦悅跟雨安在交往的這件事。」

哐啷。

持杯的手一顫，茶杯應聲落地，發出巨響。我低頭看著摔碎一地的玻璃片，愣了好幾秒才拚命道歉。

我蹲下身，在劉老師提醒我別用手撿拾的同時，手指已捏起玻璃碎片，立刻滲出血來。

「又晨老師！」

我回過神，鬆開了手，那片玻璃再碰地之後碎得更細、更小，忽地，我的手腕被人握住。

「又晨老師，我帶妳去保健室擦藥。」劉老師輕聲地說。上課時間，校園空蕩，連保健室老師也不在。劉老師請我坐到藤椅上，她熟稔地拿出醫藥箱。

「我是不是太唐突了？抱歉。」劉老師一面替我清理傷口，一面低聲道：「我不太熟悉盧媽媽，不確定該怎麼跟盧媽媽提這件事，又覺得好像不能放著不管。抱歉，是我太自以爲是了，給妳造成困擾，還害妳受傷……」

我輕語：「我沒事，劉老師別擔心，是我自己反應太大了。」我頓了下，「謝謝妳選擇先告訴我，而不是直接告訴趙女士……我是說，盧媽媽，眞的很謝謝妳。」

我認知中的趙女士是位反同人士。

這與宗教信仰無關，也沒有特別的原因，而是在她的觀念中，女生如果選擇結婚，對象就該是男生，反之亦然。

趙女士沒有同志婚姻的概念，也不會有。

她認爲除了異性戀以外的性向，都該去治療，想辦法變回「正常」。

無論是身爲母親還是客戶，趙女士都是非常好的人。她待人大方、處事率性，性子豪氣又有俠義，許多人都被她照顧過。

這樣的趙女士是反同人士，也是一位善人。這並不衝突。

只是……趙女士只有盧亦悅這個女兒啊！一想到我一直害怕並且忽視的「可能」成真時，我遍體生寒。

劉老師替我上完藥後，我們回到會客室，發現路過的學生已將滿地碎片清理乾淨，一切恢復原狀。

可我知道，今日過後，不可能一如往昔。

我跟劉老師坐回沙發上，我也平穩了心情，仔細問了事情的來龍去脈。

劉老師說，她是盧亦悅班上的實習班導，同時也是柯雨安班級的國文老師，班導工作之一是改學生週記。

這幾週來，她發現盧亦悅似乎有戀慕的人。這並不稀奇，誰沒有喜歡過人？只是在逐週的批改中，劉老師越來越覺得不對勁。

「在週記中，亦悅所提到的『那個人』，我預設是同校的某個男生，我原本是抱持著祝福的心態——我不是那種『禁止學生談戀愛，只能乖乖讀書』的老師，可是，我沒想到會是這種情況……」

劉老師面色複雜地告訴我，她在察覺到盧亦悅那點心思時並未多想，可在一週週的批改下，盧亦悅筆下的「那個人」，無論是特徵與樣貌，都不太像是在形容一個男生。

再後來，有次盧亦悅寫到週四放學去體育館看桌球比賽，那裡有她喜歡的人——

可那天，桌球賽程只有個人女單。

「在發現這個事實時，我很慌張。」劉老師苦澀一笑，定是煩惱許久，直到現在才有機會傾訴，「身爲一名教師，我有義務幫助學生導回『正途』，可是感情這種事情，我不知道什麼才是對的，什麼才是錯的……」

我恍惚地想到，我的高中班導師，曾跟我這麼說過——

「又晨，妳是錯的。」

「妳喜歡溫歆的這件事情，本身就是個錯誤。妳不該喜歡女生，更不該喜歡溫歆。」

「又晨，我可以幫妳。我是妳的老師，我可以在這替妳釐清，妳現在對溫歆的感情只是一種『錯覺』。等妳長大了，見世面了，就知道這種『喜歡』，是假的。」

「這不是眞的，又晨。」

如果那不是眞的，爲什麼十年過去，每當我想起時，心還是會痛？

「又晨老師？」

我回神，扯扯唇瓣，追問道：「妳是怎麼知道盧亦悅喜歡的人是柯雨安？」

劉老師嘆息，「是柯雨安親口跟我說的。」

我微愣。

離開學校時，下起了小雨。

我懷中緊抱著離開前劉老師給我的校刊初校本，是這學年將要發行的校刊。

「這份是複印稿，又晨老師可以拿回去看看。」

我回到車上避雨，並未直接驅車離去，而是在停車棚下，半降車窗，一邊聽著稀里嘩啦的雨聲，一邊翻開初校本。

在我問劉老師，是柯雨安主動坦承交往關係，還是劉老師自己發現時，她這麼告訴我。

「在妳看過雨安的文字後，或許就會明白了。」

仔細看了遍目錄，最後在校內文學獎得獎作品欣賞的欄目中，找到了「柯雨安」三個字——印在「散文組的首獎」這幾個字之後。

找到柯雨安那篇首獎之作〈樂雨之聲〉，我細細地閱讀。裡面有一段文字是這樣寫的：

妳不必溫柔、不必成熟，只管往前走，走過繁花盛處，走過秋光山色，那些妳所心生嚮往的，都去看一看、走一走，去領略世間所有的美好。

儘管感受春日細碎的雨、夏夜微涼的風、秋空飄落的葉與冬地漫天的雪。
妳的奔赴終有歸處，亦如我的等待有結果。
妳擁抱世間一切，只須負責開心與安康；而我只要有妳，便有人間。
看著妳快樂，我便覺得人間值得。
人間值得。

關於盧亦悅的樣貌與特徵，柯雨安隻字未提，可字句中無處不是盧亦悅的身影。每一字、每一句，都盛滿了喜歡。

那樣的喜歡，任誰都無法輕易質疑，至少我做不到。

我輕吁口氣，趴在方向盤上望著雨發呆。

我早已隱約感覺到這種可能性，但一直希望不會成眞，現下木已成舟，我該如何是好……

一想到趙女士一旦知道這件事，會有多震驚、多難過，我就感到有些不捨。

一如劉老師跟我說的，她之所以遲遲無法下定決心，是因爲她知道自己不會陪著盧亦悅走到最後。

「我現在做的任何決定，都會影響到亦悅的未來，但我無法陪著她長大，一起面對這些事。」劉老師憂心忡忡地說。

而我，又可以做些什麼呢？

「如果老師是我，會怎麼做呢？」我問了劉老師。

她似是細細想了一輪，直視著我，溫潤的嗓音輕聲道：「我會試著讓亦悅知道，她還有我，她不是自己一個人。」

那也是劉老師私心希望且相信我可以做到的事。

我將校刊初校本放到副駕駛座上時，注意到了手指上的OK繃，我才想起方才不小心受的傷。

在那段昏暗無光的日子中，我曾自殘過，也想過輕生。

倒不是對這世界毫無牽掛，或是病症所擾，我只是想藉由弄痛自己，來感覺「活著」。這情況一直持續到上大學住宿舍後，我怕被室友檢舉，再加上設計系課業繁重，久而久之自然就停止了這行爲。

當我一頭栽進設計中，沒日沒夜的琢磨設計軟體與印刷知識時，我才再次找到生活的重心與意義。

可不是每一個墜落谷底的人，都可以自己爬上去。

叩叩。

我身子一顫，轉頭看向車窗，一張熟悉笑顏正撐著傘站在我的車外。

我降下車窗，驚訝道：「盧亦悅？」注意到四周學生不斷，這才意識到已然放學，我便順勢問道：「要不要我載妳回去？我順路。」

盧亦悅一愣，連忙搖頭，「不用啦，我、我正要去搭公車……」瞧她臉上浮現紅暈，我試探性地問：「怎麼了？妳不會打算不直接回家吧？」

盧亦悅是一個總把心思寫在臉上的女孩，她面露慌張，臉上一紅一白。瞧她準備溜走，我隨即出聲：「我不會告訴趙女士的，看妳想去哪，我可以載妳一程。」

「眞的？」盧亦悅眸中有喜悅，「可以嗎？」

我失笑，要她趕緊上車，等會雨勢變大淋到雨就不好了。她繞到副駕駛座，我順手將校刊初校本放到後座。

盧亦悅上車後，她告訴我想去同學家探病。我瞅了她一眼，輕問：「柯雨安嗎？」

她雙目瞪圓，顯然我猜中了。我壓下心頭萬緒，輕鬆問起柯雨安的情形，盧亦悅也樂意與我分享。

「最近早晚溫差大，要她多穿一件衣服她卻常常忘記！明明看起來很精明幹練，腦袋很好，成績也很棒，怎麼就生活中的大小事不能好好自理……」

看似是抱怨，實則是關心，這我還聽得明白，且愈聽愈心塞。盧亦悅大抵沒有自覺，說起柯雨安時，她整個人神采飛揚，滔滔不絕地同我說了許多。

柯雨安家離學校並不遠，開車約十分鐘。在我停妥車，盧亦悅道謝後欲下車時，我叫住了她。

「怎麼了嗎？晨姊姊。」盧亦悅疑惑地看著我。

「妳剛剛說，柯雨安家裡沒人，現在只有她自己在家，是嗎？」我問。

盧亦悅遲疑地點點頭，「是這樣沒錯……」

「那麼，」我暗暗深吸口氣，語氣平靜，「我可以跟妳一起去探望嗎？」

盧亦悅愕然地望著我，眼神充滿困惑，可最後，她還是答應了。

我到底在幹麼啊……我坐在柯雨安家的沙發上，有些懊惱。

等回過神來，我已提出這唐突的要求，原因連自己也說不上來。

忽地有腳步聲從樓梯傳來，我順著聲源望去，見到面色有些蒼白的柯雨安，正挽著盧亦悅一同下樓。

柯雨安看了我一眼，轉頭對盧亦悅說道：「妳可以去幫我買舒跑跟滑蛋牛肉粥嗎？我之前帶妳去吃的那一家。」

盧亦悅忙不迭地點頭，跟我打了聲招呼後便出門。

柯雨安緩步走向我，坐到一旁的沙發椅上，直直地瞅著我，「妳想跟我說什麼？」

我一時有些語塞，沒想到這小女生連客套話都懶得說——但或許客套這件事情，是大人才會做的。

站在柯雨安的角度來看，我確實是不速之客，此舉脫離常態，是挺怪的。

我苦澀一笑，開口道：「其實，我不知道。」

柯雨安皺起眉，「什麼意思？妳自己也不知道，還跑到我家？」

說得真有道理啊……可我確實沒說謊，只是，不知道該從何說起。

柯雨安望了我一會，低問：「妳知道我跟盧亦悅在交往，是嗎？」

「是。」

柯雨安忽然笑了。

我怔怔地看著柯雨安，見著她莫名的笑靨，有些摸不著頭緒。

「那就太好了。」柯雨安悠悠地說道：「對我來說，誰都可以不知道我跟悅悅的關係，但妳不能不知道——因為悅悅很喜歡妳。」

事情開始往我無法理解的方向發展，腦中思緒更是一片混亂。

她說，太好了？

這樣的事情，不是一種困擾嗎？

「妳可能在想為什麼吧？」柯雨安輕咳一聲，喝口水續道：「身為悅悅的女友，我對妳的感覺是既感謝又忌妒——也許妳沒有自覺，又或許妳也不一定在乎，但是，」柯雨安望著我，眼眸清澈，語氣誠懇，「是妳點亮了悅悅的夢想，知道自己該如何前進。」

我一怔。

「妳是她的嚮往、她的目標，是她想努力追趕上的人。」談起盧亦悅時，柯雨安眸中的溫柔清晰，嗓音也跟著染上一絲暖意，「我感謝妳，讓悅悅下定決心要當一名設計師；我同時也忌妒妳，因爲她是那樣崇拜妳。」

原來，我在盧亦悅心中，是這樣的存在嗎？這樣的我，也能成爲誰的光嗎？

我眞的可以嗎？我值得嗎？

「好了，我想說的話說完了。」柯雨安話鋒一轉，轉到我身上，「妳呢？想跟我說什麼？」

那些我覺得自己應該要說出口的話，在心中排演數次，甚至已然到舌尖，卻無法吐出。

我想的，是在趙女士發現之前，先要盧亦悅放棄。

我想到當初的自己，那個窩在角落獨自哭泣、獨自後悔的自己。

我那時心裡不斷想著，要是這一切都沒有發生、沒有開始，那就好了。

至少，在我的父母發現之前，我能先掐斷一切，就不用經歷那些恐懼。

我什麼都明白、什麼都了解，甚至切身體會過。

面對柯雨安，我以爲自己可以更好開口，但我發現，怎麼也說不出口……

外頭的雨勢大了些。

柯雨安轉頭望向窗外，面有憂慮，似乎擔心尚未回來的盧亦悅。

我輕吁口氣，輕道：「抱歉，打擾了，希望妳早日康復。」

話落，我站起身走向門口，正要打開大門時，聽到那道略青澀的嗓音從後方傳來。

「我對盧亦悅，是認真的。」

我身子一顫，手一頓。

「我不會放棄的。」

我沒回頭，只是垂下眸，打開大門走出去，任夾雜雨珠的風迎面撲來，胸口冷涼。

所謂的長大，大概與年歲無關吧。

客觀事實來說，我是大人了，我長大了，可我在這當下卻覺得，自己是如此怯弱。

我撐起傘，正想走到街道找盧亦悅時，便見到她抱著外套淋雨奔來。

我一驚，趕緊大步跨出替她撐傘，「盧亦悅！妳沒帶傘嗎？爲什麼不用外套擋雨！」

渾身溼淋淋的盧亦悅躲到我的傘下，一身狼狽，兩眼卻亮晶晶地望著我。

「因爲這個啊。」

我順著她的視線低下頭，見著她小心翼翼地打開懷中的外套，裡面，是一碗粥。

「我怕粥會冷掉，所以用外套包著，只是舒跑我就忘記買了……」

盧亦悅輕鬆地說著，語氣是那樣自然，似乎談論著天氣或是晚餐似的。我心口一酸，趕她進去一邊道：「沒關係，我去買，妳進去把身體弄乾，別著涼了。」

「咦？晨姊姊——」

我關起大門，將自己與盧亦悅給隔開，隱約聽到裡面熱熱鬧鬧的，似乎是柯雨安責備著盧亦悅，可盧亦悅毫無反省之意，兩人有說有笑，聽上去很高興、很快樂。

這場大雨，似乎對她們造成不了任何影響。

我再次撐起傘，朝超商走去。

我抹了抹眼角，怪是這雨勢滂沱倒瀉，不是回憶翻覆傾倒。

不是我恍然地發現，十八歲下的那場雨，至今仍在心中的某一處，未曾放晴。

✦

在我買完舒跑返回柯雨安家後，盧亦悅便隨我上車，準備回家。

瞧她一身乾淨清爽，我忍不住揶揄道：「這樣趙女士就不知道妳偷跑到同學家了。」

盧亦悅紅了紅臉，抿了下唇道：「我、我也不算偷跑……我就是去看一下。」

我失笑，在開車途中與盧亦悅有一句沒一句地閒聊。我其實心裡仍是有些紊亂，但在見過柯雨安後，我便明白一件事。

我沒有任何資格與立場去干預這件事，我不該、也不能這麼做。

現下我能做的事，就是平安送盧亦悅回家。

在此之前我已經向趙女士報備過，我是順路送盧亦悅回去，所以走近趙家時，我並不心虛。

可在大門一打開，我抬眼一看時，不禁怔住。

「康……經理？」

康玟玟癟了癟嘴，眼中的喜悅變成埋怨，我立即意會到她的情緒，趕緊再喚道：「玟玟，妳怎麼在這裡？」

喜色回到那張好看的臉上，她眉彎眼笑，略帶狡黠地說道：「妳猜猜看嘍。」

我往後退幾步，確定自己沒有走錯棟後，隨即見到本該來應門的趙女士從屋裡走出，「愣在那幹麼？都進來啊！」

我怔忡地點點頭，便和盧亦悅一同進屋。

一踏進客廳，我便注意到滿桌的烤鴨，趙女士要盧亦悅先上樓換衣服，康玟玟則是挽起我的手，自然地將我拉向沙發。

趙女士在旁吆喝，「又晨啊，妳還沒吃晚餐吧？我有點妳的份，吃完烤鴨再走嘿。」

我看了趙女士一眼，再看看康玟玟，顯然沒有我拒絕的餘地，於是我順著道謝，便蹭到了一頓頗豐盛的一鴨二吃。

我拿起烤餅，好奇問道：「玟玟怎麼會在這裡？」

趙女士的視線掠過我，停在康玟玟身上，「嗯？玟玟妳沒有跟又晨提過嗎？」

康玟玟頓了下，語氣猶疑，「是還沒有……」

我一頭霧水地看著她，一邊吃著烤鴨捲餅。

她瞅我一眼，接著解釋道：「因爲我還在想該不該提——」

「唉唷，說那麼多！」吃著辣炒烤鴨的趙女士打斷她，直言道：「又晨啊，妳跟玟玟他們公司一起去員工旅遊啦！」

話落，我險些被捲餅噎到。我瞪圓雙眼，直直地看著康玟玟。

康玟玟面色赧然，尷尬地解釋：「呃，因爲我們公司想租大巴，但人數不夠，不知道妳願不願意幫個忙，費用可以報公帳。」

「然後住宿跟交通由我負責，我有投資幾間民宿跟旅行社可以協調，這不難。」趙女士在旁補充說道。

我仍處於驚愕之中，不知道該先驚訝趙女士投資涉略廣泛，還是我莫名地獲得一趟免費旅遊？

我看了眼康玟玟，見到她眼中有期待，一時間實在難以開口拒絕。於是我問了旅遊細節，康玟玟像是捉住了什麼機會似的，滔滔不絕地跟我介紹。

從她語氣中的迫切與誠懇來看，是眞的很希望我可以幫忙湊人數，我看了眼行事曆，暫時沒有其他排程。

她介紹到一個段落後，我輕吁口氣，點點頭，「那……我就不客氣地答應了，我滿想去宜蘭的。」

康玟玟開心地歡呼一聲，我微微一笑，雖然心中有些遲疑，但沒什麼有力的拒絕理由。

我想起了紀晏恩跟我說的那句話：「這些年來，只有康玟玟走進妳的生活。」心裡明白該阻止這件事的發生，也該維持案主與設計師之間應有的距離，可怎麼總是事與願違呢……

飯後，趙女士趕盧亦悅上樓寫作業，轉頭就請我載康玟玟回家，我應聲好，倒也沒什麼爲難之處。

只是，這是在我離開康玟玟家後，我和她的第一次獨處。

我告訴自己這並沒有什麼，不用去在意，可還是在駛離趙家後，感到有些忐忑。

「今天蔓容來接我下班，所以我才沒有開車。」康玫玟忽然開口說道。

我愣了下，嗯了聲，康經理似乎感覺到我的侷促，接著道：「我只是想跟妳說一下而已。」

我眞的很怕尷尬，那種無話可說的感覺讓人坐立難安，所以我主動將話題轉到工作上，聊起我近期在調整檔案與打樣的細節，康玫玟也願意附和我，陪我有一句沒一句地聊。

駛近康玫玟租屋處時，話題暫歇，在短暫的沉默之後，我將車停妥，副駕駛座的康玫玟悠悠道：「我們之間是不是只能談工作呢？又晨。」

即便我垂下眸，沒有直視她，也能感受到她炙熱的目光，令我感到赤裸。

「我讓妳感到困擾，對嗎？」

我一驚，猛然抬起頭，見到那有些難過的笑容，心臟抽疼，慌張開口：「不是的……」

「但即便如此，」康玫玟看進我的眼裡，難過顯而易見，可眸中更多的是堅定，「我還是想繼續嘗試、繼續努力，除非妳開口要我走，我才肯放棄。」

爲什麼呢……

車門關上，我坐在駕駛座上，視線跟隨著康玫玟。我的心跳極快，這種感覺既陌生又讓人焦躁，可有個想法卻越發清晰——

我想搞清楚爲什麼。

我抿了下脣，跟著下車，在康玫玟進門之前，拉住了她。

「爲什麼？」

迎上康玫玟怔忡的神情，我才回過神來發現自己的唐突，鬆開手欲道歉時，她反手抓住我，緊緊的。

「又晨，說清楚。」

康玫玟的聲音不大，甚至是溫和的，卻有股讓人無法掙逃的壓力。

我怔怔地看著她，腦中思緒混亂，她凝視我，聲音放輕，「不用梳理、不需要有邏輯，妳只要將現在腦海中浮現的所有想法，全部告訴我。」

那句話像是一個水閥開關，將我這些日子以來積累的所有疑問，傾瀉而出。

「爲什麼是我？」

我知道這個問題很老套，也毫無邏輯，康玫玟的臉色一瞬怔然，很快地，她輕笑一聲，嗓音清淡。

「這種時候，我應該要很老套地說，因爲妳對我而言很特別，但不是這樣的。」

康玫玟笑容輕鬆，彷彿現在就算天塌下來也無所謂似的。

「妳一點也不特別，又晨。」

什麼？

康玫玟拉過我的手，指腹輕輕摩娑我的手背，「在我面前的妳，就是一個普通人。」

那樣的眼神，我竟感到一絲心安。

「所以，無論妳做錯了什麼，或是做對了什麼，都是非常正常的事情，不會改變我對妳的想法。」

康玫玟聳聳肩，嗓音含著一絲笑意，「對我來說，妳不用特意做些什麼，因爲妳不需要成爲一個特別的人。」

這樣便足夠美好了——我從康玫玟的笑容中，讀出了這句話。

康玫玟向我說了聲「晚安」，要我小心開車，到家給她捎一封訊息，我答應了。目送她進租屋處後，我才返回車上。

✦

深夜時分，雨落滿城。

我被窗外的雨聲吵醒，在半夢半醒間，聽著雨聲再次睡下後，我做了一個夢。

夢裡有我，還有溫歆，以及陣雨不斷的初夏。

高一新生訓練的禮堂悶熱不已，外頭細雨連綿不斷，空氣中有股潮溼的悶味。

臺上師長說些什麼，我一個字都沒有聽進去，只是一邊打哈欠一邊張望四周，全是陌生面孔。

在那群人中，我注意到右前方的女生。

她有一頭近乎及腰的黑色長髮，又直又順的垂落在純白制服上。她身上的全新制服與我不同，我的制服是媽媽朋友的女兒留下來的舊制服。

不知道是不是因爲她的黑長直髮，襯得她的制服看上去更加純白。

每個人的臉上都有與我相仿的散漫與不耐，可那個女生不同，她的神情專注又安靜，彷彿這喧囂的世界在她周身靜止了。

後來我才明白，也許我喜歡的，就是這份寧靜。

冗長的新生訓練典禮中，也只有最後一系列的社團表演還有點意思。實際上表演些什麼我已經忘了，但我記得自己在事後選康輔社的原因，就是因爲學長姊身上的社服挺好看的。

我是在那場雨後，認識了溫歆。

開業式結束後，學生魚貫離開禮堂，我恰巧跟在那女生身後，一層接著一層地走下樓。

直至走到門口，我到一旁拿起傘準備離開時，注意到那女生的遲疑，以及她手上抱著的一疊書。

我鬼使神差地走向她，開口說道：「要一起走嗎？我們同班。」

她怔怔地看著我，面色有些驚慌，「但是我還要去圖書館……」

我順著話說道：「我也要去，一起走？」

她想了一下，點點頭，走到了我的傘下，與我並肩走在一塊。

空氣中除了雨味，還有一股淡淡的花香，那是溫歆身上的白茶花香。

餘光中，我瞥見她那疊書上的學生證，上面寫著「溫歆」二字，我在心裡唸了一遍。在後來的日子裡，唸了無數遍。

走到圖書館後，我陪溫歆去還書，她將書放到掃描機上，我在旁隨口問道：「妳很喜歡看書嗎？」

那疊書中有各式類型，有文學、散文、詩集與……寫作教學？在溫歆將最後一本書放到機臺上前，我搶先一步將之拿走。

我翻了翻寫作教學的書，在她赧然尷尬的面色下，我打趣地問：「妳有在寫作嗎？」

溫歆漲紅臉，想搶走書，但被我拿到身後，我含笑望她，低聲道：「妳能不能讓我看看啊？我想知道妳寫些什麼故事。」

溫歆搖頭，一邊說著「我寫得又不好」一邊繞著我轉，一副非得要將書搶回來的模樣，使我忍俊不禁。

那天之後，我每天纏著溫歆，要她給我看看她寫的小說，在後來的某一天，她終於願意給我網址，我才知道，原來網路有小說論壇跟文學創作網，可以上傳自己的作品，在網路上連載。

我也才知道，溫歆爲什麼遲遲不讓我知道她寫些什麼——

「很奇怪吧？我寫的是GL小說……」溫歆笑容苦澀，語氣微顫，「我知道很少人在看GL小說，大概很多人都認爲，女女小說就是內容比較硬派的女同志文學，但我寫的不是同志文學，不是那些很幽微的情感，我只是想……只是想……」

「只是想寫一個，能讓人記得很久、很久的故事嗎？」我說。

溫歆怔怔地看著我，一臉愕然，「妳怎麼知道的？」

我指著手機，歡快道：「妳的作者自介，只有這一句話啊。」

溫歆告訴我，她從小就喜歡看小說，國中三年她看過上百本的愛情小說、言情小說，甚至BL小說也看了不少，可是她沒有在書架上看過GL小說。

「對我來說，那是一件……很寂寞的事情。」

因爲在那些故事中，溫歆覺得，她找不到自己。儘管每一個故事都很精彩、都很好看，可無論是其中的哪一個，對溫歆來說，似乎都少了些什麼。

「所以，我想寫寫看。」溫歆坐在我的身邊，雙手抱膝，聲細如蚊，「直到我再也堅持不下去的那天……希望到那時候我會記得，我曾經寫得很快樂。」

當清晨陽光透過窗戶落到眼皮上，我睜開了眼。

揉揉眼睛，依稀想起夢境的最後，是穿著高中制服的我，跟溫歆做了個約定——

我說，我會一直是她最忠實的讀者；倘若那天眞的來臨，我會提醒她。

我會告訴溫歆，寫作對她而言，曾經是一件很快樂的事。

許多年後，溫歆沒有再寫作了，而我，早已忘記這件事。

又或許是，我們都不願意想起來。

第七章

總覺得宜蘭的天空特別漂亮。

下了遊覽車後，我隨著人群走上山坡，一路走到了伯朗咖啡城堡前。我站在離城堡有些距離的地方，感受明媚的陽光與宜人的微風。

這裡是旅程的第一站，踏上陌生的土地後，才有了旅遊的眞實感。我眞的來參加了康玫玟的公司旅遊。

自答應參加旅遊到眞正出遊的這日，這段期間我其實反悔過，認爲自己是不是答應得太過草率，因而想拉紀晏恩來陪我時，她這麼回道：「我不要。」

太過簡潔有力的回答，反而讓人覺得火大。

我瞪她一眼，質問：「爲什麼不要？妳整天宅在家裡都要發霉了！」

紀晏恩上下掃視我，用手掩鼻說道：「妳敢嫌我？我都沒嫌妳渾身那股戀愛的臭酸味，跟廚房的廚餘根本沒兩樣。」

「靠腰。」我手上的抱枕直接砸過去，「就妳嘴巴最臭。」

紀晏恩大笑幾聲，抱著可愛柴犬抱枕下巴微靠，半眞半假地悠悠說道：「人家那是想跟妳約會，而且，我坐不習慣遊覽車，空間小又綁手綁腳的。我要是想去，也會自己騎重機。」

紀晏恩是我認識的人中，最奇妙也最具衝突感的人，一聊起她那部愛車，話題便轉到重機上，聽得我頭暈腦脹，最後逃回房間，這事便不了了之。

我看了看眼前美景，舉起手機，最後拍下了一部重機，傳給紀晏恩。

對紀晏恩而言，美景是襯托，重機才是主角。

「妳愛車嗎？」

一道熟悉女聲自後邊傳來，我一頓，回頭便見到戴著草帽，一身白色洋裝的康玫玫朝我走來。

我收起手機，搖搖頭，「愛車的不是我，是我室友。妳怎麼在這兒？不進去嗎？」

「在等妳。」她笑容燦爛，自然地挽起我，我有一瞬的僵硬，但還是沒有抽回手，任她拉著我往裡邊走。

康玫玫似乎一點也不在意讓人知道我跟她私底下有互動，這是公司的員工旅遊，這也代表，溫歆在場。

一進城堡內部，我便在人群中見到溫歆的身影，她對我的視線似有所感，也看了過來。

眼神的交會不過一秒，我便立刻別開了眼。我雖然感到一絲不自在，但應該沒有表現出來，康玟玟卻還是鬆開了手。

「我去那邊買咖啡，妳想喝些什麼？」康玟玟語氣輕鬆，看似若無其事，可她越是這樣，我越是感到無所適從。

「一杯冰拿鐵好了，謝謝。」見她走向櫃檯的身影，我輕吁口氣。

我總覺得，康玟玟似乎感覺到了什麼，但她一直沒有問，彷彿等著我主動開口。所幸城堡內外部空間頗大，容納一輛大巴士的旅客倒沒什麼問題，我也沒有再跟溫歆碰上。

康玟玟拿著兩杯咖啡返回時，我感激地接過，並要她不用顧慮我儘管去閒逛，她只是搖搖頭，挨近我。

「我正在做我想做的事情。」她說。

伯朗城堡的一館風景極好，我站在陡坡上，遠眺海面，龜山島的模樣清晰可見。藍天綠地與大海，讓我想起學生時期的畢業旅行，那時的三天兩夜眨眼即逝。

康玟玟本來待在我的身側陪我看風景，後來被同事找去合照，我便獨自一人走走逛逛。

走到近城堡二館時，我注意到不遠處有抹熟悉的人影。她似乎感覺有人走近，看了過來。

是溫歆。

她與我同樣獨自一人，我停下腳步，有些侷促時，她開口道：「我正要進去，妳要一起嗎？」

我頓了下，點點頭，邁步跟上她。

一踏進二館，明顯感覺到人潮似乎不多。

大抵是因為四周無人，溫歆才願意與我搭話，主動說道：「聽我表妹說，妳那天講得很好。」

我想了下，才意會過來，乾笑了幾聲，「就是在一群高中生面前顯擺而已……不過，還是很開心聽到她這麼說。」

溫歆隨意逛著紀念品商店，在她開口前，我們同時聞到一股菸味飄散而來。

我下意識地掩鼻說道：「天啊，好臭！為什麼要在門口吸菸啦——」

溫歆猛地轉過頭來，直視著我，語氣略沉，「妳不也抽菸嗎？」

我一愣，才倏然想起與溫歆重逢的那一天有多糟糕——我身上沾滿菸味，狼狽地出現在她面前。

我看著溫歆，低道：「我沒有抽菸，那天……是不小心走到吸菸區沾上的。」

溫歆面上波瀾不興，儘管她留著與我記憶中截然不同的法式細捲短髮，可眉眼、秀鼻與薄唇，依然是我記憶中的模樣。

「我知道。」她說。

話落，我一怔，疑惑不已，「什麼？」

「後來再見到妳幾次，身上都沒有菸味，我大概知道那天是個意外。」溫歆的語氣很輕，話鋒卻很銳利，「但妳從不主動解釋，所以即便一開始是假的，最後也都會成為事實。」

溫歆的意有所指，我並非沒有聽明白，只是我第一個冒出的想法仍是沉默。

溫歆凝視我，忽地苦澀一笑，「那天，我說錯了……確實有些事情，無論過去多久，依舊不會改變。」

眼前的溫歆，一瞬間與十年前穿著制服的她，重疊在一塊。

「妳依然不會為自己的行為負責呢，又晨。」

縱然有滿腹的話想說，話語依舊哽在喉間，發不出聲音。溫歆望著我，那神色一瞬的動搖，漸漸趨於平靜。

她雙手抱臂，自嘲般地勾起脣角，字句夾雜幾許苦澀的笑聲，「我竟然記得最初喜歡妳的原因，是因為妳的勇敢……我大概真的記憶錯亂了吧，才會有這種荒謬的錯覺。」溫歆的臉上，是比哭還難看的笑容。

見到那樣的表情，我焦急地開口：「溫歆，我——」

「溫歆、又晨，要集合嘍！」

遠遠的一聲呼喊，打斷了我的話。溫歆看了我一眼，便邁步離開。

見溫歆走遠後，我才跟了上去。

回到遊覽車上，我收到了紀晏恩的訊息。

我點開一看，只見到紀晏恩回了一句話：「校外教學，乳臭未乾。」

八個字足以讓人理智線燒毀，我差點按下封鎖，就此老死不相往來。

不過，我確實有乳臭未乾的時候，大學之前，我曾那樣張揚過。

溫歆說，她最初是喜歡我的勇敢，那是好聽點的說詞，說直接一點，就是張揚。

我是家裡最大的小孩，從小被父母寵著、愛著，上學之後，常被師長說我這性子靜不下來，調皮搗蛋，個性冥頑不靈，我的父母沒少去學校替我道歉。

但我的父母從未責備我，只是告訴我，別讓自己受傷了。

對他們來說，「我」被擺在所有事情之前，只要出發點是良善的，又有何不妥之處？

可我後來才明白，凡事皆有例外。

有些事情是，即便我沒有傷害到任何人，那仍會是錯的。只要這件事情超乎常理、在父母的理解範圍之外，便沒有任何商量與解釋的餘地。

我沒有選擇。

他們會從責備我，到譴責自己，最後否定所有的一切——包括爲人父母的教育身分，到我做爲子女的應盡義務，我們會脣槍舌戰、互相控訴，忘了最初的時候，我們是因爲愛而聚首。

我是在祝福中生下的孩子，是他們千求萬盼才有的孩子，他們明明這麼告訴過我……可爲什麼，當我懷著這份愛，去愛另一個人時，卻變得罪不可赦了呢？

我不知道。大概也永遠不會知道了。

遊覽車在中午時分抵達餐廳，是一間兩層樓的海景餐廳，我們包下了二樓自助餐。

二樓視野極好，面海那側是一整片觀景窗，陽光斜斜地灑進室內，許多人都拿起手機拍照打卡。

現場有數張白色桌椅，我挑了張位於窗邊角落的四人座，想說應該躲得挺好，可還是被康玟玟注意到了。

「我可以坐這裡嗎？」康玟玟笑吟吟地問。

我點點頭，起身替她拉開了椅子，順手拿起托盤排隊拿餐。

我正在想主食要吃粥還是麵包時，左肩忽然被人點了一下，我回頭一看，是一張陌生的女生面孔。

「請問……妳坐角落那張對不對？我跟溫歆找不到位子，不知道可不可以一起併桌？」

溫歆站在那女生之後，我看了她一眼，微微頷首，「我是沒關係，但妳可能也要問一下康經理。」

「我沒問題喔。」康玟玟的聲音忽地從旁而來，我看了過去，發現她正在夾著炒蛋，頭也不抬地說：「又晨開心就好。」

我抿脣，聽到那女生向康玟玟抱怨胳膊往外彎，平常那麼恐怖，對外人那麼好……我假裝沒聽到，提步往旁走時，聽到康玟玟的笑語聲。

「人的心本來就是偏的，誰能做到眞正的公平呢……妳那組要是下個月業績提升，我也會對妳很好的。」

「偏心」確實可以有很多理由，可有些時候，「偏心」是不需要任何理由的。

例如，溫歆只是站在那，略帶惋惜地看著桌面上本來盛裝烤棒腿的空盤時，我還是走了過去。

「我多夾了一根，吃不完。」我拿起桌上的夾子，夾了一根自己盤中的雞腿放到溫歆的盤子上，「給妳吧。」

我走得極快，怕溫歆問我爲什麼，也怕她拒絕我。

我沒勇氣看溫歆臉上的表情，只是想著，不想看到她露出那樣的表情。可令人感到諷刺的是，我卻是傷她最深的那個人。

四人一桌本該讓人覺得距離適當，但是當一旁有康玟玟，對面有溫歆時，我便感到侷促不已。

唯一值得慶幸的，是同桌還有一位女生Linda，是溫歆的同事。Linda率性活潑又健談，有她在這飯桌上，氣氛較不尷尬。

我能搭上的話不多，但康玟玟總適時地將話題丟給我，替我製造一個舒服的談話氛圍，相較之下，溫歆顯得有些沉默。

我也注意到溫歆在用餐期間，起身來回走了幾趟，每次的餐點都不太一樣，唯獨那根雞腿仍待在盤中角落一隅。

我苦笑，總覺得自己好像做了很多餘的事。

自早上準時抵達康玟玟公司集合到現在，紀晏恩在我出門前對我說的那句話，頻頻浮現心頭。

「白白，妳到底想要什麼？」

我提著行李袋，不解地望著紀晏恩，皺眉道：「什麼意思？」

紀晏恩慵懶地斜倚牆壁，雙手抱臂，面色略顯凝重，淡淡道：「關於妳前任，我既沒有感覺到妳極力避免接觸，也沒有想積極主動復合，妳這樣，到底想要什麼？」

我也這麼問過自己，到底想要什麼呢？

「對了，溫歆。」Linda忽然出聲，表情多了幾分曖昧，「公司不是說可以『攜家帶眷』嗎？妳怎麼沒帶呀？」

我的手一頓，偷偷覷了眼溫歆，卻見到她面色平淡，語氣冷涼。

「因爲我沒有可以攜家帶眷的人了。」

話落，我們三人皆是一怔，一時之間沒了聲音。

一般人大抵都能在第一時間聽明白意思，也因爲聽懂了，所以才更加不解。

瞧康玟玟與Linda的反應，她們應該跟我是同一時間得知這消息，不然也不會如此驚訝。

Linda先反應過來，笑呵呵地說：「這樣更好！在這三天兩夜中必須得帶宜蘭姊夫回去！」

溫歆輕笑幾聲。

她沒看我，轉頭對著Linda幽幽道：「我本來就沒打算藏的……妳要是眞的有物色到不錯的對象，務必跟我說。」

本來有些僵滯的氣氛漸漸和緩，用餐時間也近尾聲，康玟玟率先拿著托盤起身，「我去洗手間，妳們可以先走回車上。」

話落，她便端著托盤走到一旁的自助回收區，我也起身端著托盤跟了上去。

或許是接近集合時間，二樓用餐空間只剩零星幾人。溫歆跟Linda一邊聊天一邊下樓，隱約還能聽見兩人的笑聲。

我在康玟玟之後將托盤歸位，彎腰的片刻，衣袖擦過她的手臂，我抬起頭，見到一張逆光的面容，正低頭凝睇我。

長髮自然垂落，隱約有股熟悉的橙花香縈繞周身，我怔忡，迎上她的雙眼。

宜蘭的天空很美，可那雙眼更加瑰麗。

我回過神，向後退開身子、拉開距離時，聽到一句很輕的話語。

「我跟溫歆說過，我對妳抱有好感。」

我一震。

康玫玫的笑容清淡，在無人的餐廳中，站在我的面前，半身隱在陰影之中。

「溫歆跟我說了一些話，但我不想告訴妳。妳要是好奇，就自己去問她吧。」康玫玫說道。

語畢，她轉身離開，踩著低跟涼鞋下樓，消失在我的視線中。

幾位服務生上樓準備清場時，我才邁步離開，回到遊覽車上。

午後的陽光溫和許多，我頭靠車窗，感受著陽光以及始終躁動不已的心跳。

歲月像是一層又一層的紗，在分別後的日子，日復一日、年復一年地在彼此關係中披上層層的紗衣。

分別七年，需要用多少時間，才能完全揭開那些薄紗呢……

下午去參觀了蘭陽博物館後，便直接下榻日式飯店。

有趙女士的張羅，吃住都是極好的，我在見到房間裝潢與景致時不禁再次讚歎。

我走進房間，第一眼看到放在床鋪上的浴衣，這才懂爲什麼行前康玫玫要問我衣服尺寸與喜歡的顏色。

我拿起床上那件藍色浴衣，走到鏡前放在身上比劃了下，果斷放棄穿浴衣的念頭。

叮咚！

房間的門鈴響起，我三步併作兩步走到門口，一打開門，發現是住在附近房間的公司同事提醒我到餐廳用餐。

我應聲好，便跟著她們一同走到餐廳。

經過一整天的相處，我熟悉了不少公司同事，大概能聊上幾句話，向外拓展了人際圈，這是我在行前沒遇料到的事。

還有件事，也是我在行前意想不到的。

「大家都到齊了嗎？」

我剛脫鞋穿襪，踏上溫潤的木地板準備入席，便聽到康玫玟的聲音自後而來，我轉頭一看，不禁怔住。

大小不一的粉花紛落於紫藕色的浴衣上，腰間鵝黃色的漸層腰帶束起纖瘦的腰身，她盤起頭髮，露出白皙優美的脖頸，我一眼見到在右耳處上方，有枝嫩粉色的櫻花髮簪。

康玫玟一個人站在那兒，彷彿迎來整個春季。

餐廳是六人一桌，我正在想自己該坐哪裡時，視線與Linda對上，她熱情地招手喚我過去。

我坐在右邊靠窗的位子，對面三席是打過照面的同事們，說不上是陌生，而我左手邊，還有一個空位。

「溫歆，這裡！」坐在最外側的Linda朝門口揮手，溫歆似乎先去了趟洗手間，較其他人晚些踏進餐廳。

在場的所有人，無論男女，幾乎都換上了浴衣，包括溫歆。

溫歆身上是黃綠相間，散發春夏季氣息的暖色浴衣，色調鮮明活潑，繫於腰間的是淡藍與淺綠相交的腰帶。

是很適合溫歆的一套浴衣。

Linda才唸完溫歆太晚回來，視線忽然掠過她，停在我身上，疑惑道：「又晨，妳怎麼沒有穿浴衣？」

「對啊，」我乾笑幾聲，盡量讓自己視線停在Linda臉上，「太麻煩了，我不習慣。」

「欸！好可惜，好想知道妳是什麼樣式的浴衣。我記得妳是自己一間房對不對？難怪覺得穿浴衣很麻煩。」Linda自顧自地說了許多，我只是陪笑著。

這時，餘光中有抹紫藕色的身影掠過，我的視線不自覺跟上，直到見到康玟玟入座於我前方那桌的左邊位子，我才收回視線。

全體入席後，服務員逐一送上餐點，每一道日料都相當精緻，口感新鮮，是美味的一頓晚餐。

只是我吃得有些心不在焉，興許是我旁邊挨著溫歆，又或許是，我注意到康玫玟酒喝得有些快、有些多。

無論因爲何者，都有些糟糕。

看到康玫玟喝酒，我不自覺想到那日意外撞見的一幕，便有些心神不寧。我見過她的醉態，更不放心那樣的她在公開場合飲酒過量。

但我告訴自己，她是康玫玟，她應該明白這裡仍屬職場範疇，且下屬都在，她不會做些出格的事才對——我是這樣想的，直到見到她開始露出嬌憨的笑容，我暗叫不妙，有了起身的衝動。

但是，不行啊……我要是忽然站起身，走到康玫玟身旁，該有多奇怪？多招人異樣的眼光？

所以，我什麼都沒有做。

「怎麼了？」

溫歆壓低聲音的問句使我回神，在充滿歡聲笑語的餐廳裡，她的音量並不會被旁人注意，我看著溫歆，想起近日的點滴，以及紀晏恩的那句話。

於是，我低聲問：「晚點……妳願意跟我見個面嗎？」

溫歆看了我一會，點點頭，低頭繼續安靜吃飯。

我正拿起碗筷，便注意到左前方的康玫玟，忽然站起身。

「各位，麻煩都看過來。」

康玫玟的聲音不大，但足以讓全場靜下。大家都看向康玫玟，面露疑惑，似乎沒有人知道她要說些什麼。

「有件事情，我想在這告訴各位——」

康玫玟環視現場一圈，才緩緩說道：「我要離開了。」

話落，全場一片譁然。

騷動中，康玫玟率先開口接著說：「我想大家都知道，公司準備積極拓展業務，希望我可以過去支援，而我答應了——手上的項目結束後，我就會去赴任。」

「所以經理這是……升遷了嗎？」人群中有道聲音這麼問。

康玫玟微微一笑，「算吧，但那只是頭銜而已，不會改變我對你們的感謝，謝謝你們這些年來的協助與幫忙。」

一時之間，大家的情緒顯得有些複雜，既是替康玫玟的升遷感到高興，又因為她將要離去而難過。

我也因為康玫玟的一席話，才後知後覺地意識到，這是我跟康玫玟的第一次合作，可能也是最後一次了。

後來的用餐氣氛仍是歡快的，只是向康玟玟敬酒的人多了些，不難看出她在公司的好人緣，有些人面露不捨，也有些人祝賀她未來事業順遂。

「溫歆，我們也去跟經理敬酒啦！」一旁的Linda似乎有些按捺不住，她看向我，熱情道：「又晨要不要一起去？人多才熱鬧啊！」

我看了眼康玟玟泛紅的雙頰，拿起酒杯，跟著Linda以及溫歆一同走向她。

「經理！」

Linda率先發話，康玟玟望了過來，兩眼笑得彎彎的，不知道是不是喝了些酒，整個人感覺比平日更加放鬆與慵懶，像一隻午後打盹的貓。

康玟玟跟Linda閒聊著，酒一杯一杯地喝，我看了覺得扎眼，忍不住出聲道：「康經理。」

康玟玟停下笑語，手拿精緻的陶燒酒杯，朝我嫣然一笑，「嗯？怎麼了？」

我看著她，總覺得……她似乎非常、非常不開心。

我躊躇幾秒，開口道：「我想去洗手間，妳能帶我去嗎？」話一出，我便有些懊惱，這裡是高級日式溫泉飯店，廁所指引方向特別清楚，我怎麼可能不知道在哪邊。

可她仍放下酒杯，站起身，挨近我。

「走啊，一起去。」

我頓了下，往後退了一步，讓她走在我面前，我們便一起走出了餐廳。洗手間位於長廊盡處，剛好會經過我所住的住宿區，餐廳的嘈雜聲隨著向前的腳步漸漸遠去，隱約能聽見庭院中的竹水聲。

「又晨啊。」

聽見康玟玟喚我，我停下腳步，見她側過身，朝我彎彎脣角，「妳怎麼沒穿浴衣？每個人的床鋪上應該都有一件才對。」

身穿浴衣的她，處於這棟日式建築中，彷彿穿越時空而來，我有種置身於日本的錯覺。

「嗯……我想我應該不適合。」

康玟玟眉梢微抬，忽然拉過我的手，就往房間方向走。

「咦？等等——」

「妳有試過嗎？」康玟玟頭也不回，帶著我往前走，「妳肯定試都沒試過吧？」

「我……」

「妳至少得先試試看啊。」在長廊岔口，她毫不遲疑地往左拐，那是我晚上所住的房間。

走到我房門前，她才鬆開手，轉身直視著我，「爲什麼不試試看呢？」

那直率又直接的目光，看得我胸口一熱，我不自在地轉頭，摸摸後頸，「那太女生了，應該不適合我……」

康玫玟不置可否地一笑，指了指門鎖，「先試再說，開門。」

我哎了聲，乖乖掏出房卡開門。

康玫玟脫鞋走進去，動作熟悉得彷彿這是她的房間，我走在後邊，無奈一笑。

我果然對這樣的人相當沒轍。

康玫玟拿起我隨意放在床上的浴衣，一邊端詳一邊說：「至少妳有拿起來過，值得嘉許。妳帽T裡面應該有背心吧？把帽T脫了，然後披上去。」

我怔了下，便見到她轉身，繼續道：「我不會看的，妳儘管換。」

我搔搔頭，輕嘆口氣，將帽T脫下後，想到自己的牛仔褲，便問：「呃，那褲子呢？」

「要脫，妳如果真的不習慣，可以穿小短褲。」

總覺得浴衣裡面還穿短褲有些奇怪……於是我將牛仔褲脫掉，直接披上浴衣。

「我、我好了。」

康玫玟轉過身時，我吞嚥了下，不由得有些緊張。她看了我一眼，噗哧一笑，走近我。

「我就知道妳很適合藍色。」她一邊說，一邊將我的浴衣攏緊掩實，「浴衣呢，得要右下左上，衣服整平後再繫腰帶。」

我能感覺到她的指尖在我的浴衣上遊走，輕巧地拉緊領口，再將整件浴衣翻整弄平。或許是我們距離靠得有些近，我隱約能感覺到她的呼吸。視線下移，我見到她好看的眉眼，以及長長的睫毛。

在腰間打上一個結後，康玟玟雙手搭上我的肩膀，推著我往玄關全身鏡，「妳好好看看。」

走到鏡前，我感到有些彆扭，往鏡中一看，瞬間愣住。

鏡中映著一藍一紫的身影，早些我拿起浴衣時，只是匆匆一瞥，便頹然放棄，根本沒有細看其中花紋，現在才發現，原來衣上的圖樣是蝴蝶。

藍黑相間的蝴蝶在衣上翩翩飛舞，原來我的浴衣不全然是藍色，而是白底灰線的設計。

「很多事情妳可以做到的。」康玟玟的手仍搭在我的肩膀上，眉眼溫柔，「只要妳願意嘗試看看。」

見著鏡中的我與她，有一瞬間，我覺得自己彷若置身於日本。

我去過日本一趟，那時正值櫻花盛開的季節。

我見過無數繁花美景，見過無數和服浴衣，在日本獨自旅行的那幾天，我走過東京各地，搭過幾班新幹線，又去了幾間神社參拜……

我以爲經過那次的獨自旅行，我對日本會不再嚮往，我也許會再出國，去韓國、中國、泰國哪裡都好，就是不會再去日本了。

可這一刻，卻悄然萌生出了一股懷念與想像。

如果當時，我有個這樣的旅伴，那五天四夜的旅遊，是不是會更有趣一些？是不是能留下更多美好的、新鮮的體驗？

只是這樣的機會，面臨康玫玫將要升遷，似乎難上加難了。

離開房間準備回餐廳時，我叫住了她。

「玫玫。」

「嗯？」

「妳升遷以後……」其實我也不確定自己想得到些什麼、知曉些什麼，只是順著心裡所想地問：「我們還有機會聯絡嗎？」

康玫玫一滯，彎彎唇角，夏日裡的星星，似乎都落進了那雙好看的眼睛裡。

「妳不是有一張大餐抵用券還沒跟我兌換嗎？」

我一愣，跟著失笑。

人與人之間的聯繫，時而脆弱，時而頑強，讓人感到慶幸的是，緣分仍在。

只要還有一絲絲的可能，得以延續這段緣分，便足夠幸運了。

晚餐過後是自由時間。

我回到房間，雖然有熱情的同事邀請我一同夜遊，但我以旅途疲累婉拒了。

事實上，我是緊張得有些胃痛。

向溫歆提出邀約的是我，但我尚未梳理清楚自己想跟溫歆說些什麼，我只是直覺認爲，我們需要談話。

時近九點，正準備更衣洗澡時，門鈴響起。我疑惑地上前開門，門一打開，我怔住。

「趙女士？」

我想過可能是康玫玟、溫歆，甚至是今天打過照面的任何一個人，但沒想到會是趙女士。

「Surprise!」趙女士摘下墨鏡，一身風塵僕僕。

我驚得連話都說不好，「妳、妳怎麼……爲、爲什麼？」

「嚇到妳了吧！」趙女士新染了一頭惹眼的酒紅髮色，一面撩髮一面走進我房間，「我本來七點就該到了，但因爲臨時起意去染頭髮，所以晚來了。」

今日要是換作別人，我會認爲對方肯定生活中出了什麼大事，但對象是趙女士，我便一點也不訝異了。

趙女士眞的很新潮，思想開放，極容易與年輕人打成一片，包括我。

「怎麼樣？我的新髮色不錯吧？」趙女士朝我眨眨眼，看上去心情不錯。

我笑著點頭，「挺好看的，不過怎麼這麼突然？」

「早就計畫好我也要來住，就在妳隔壁，沒先跟妳說，是想給妳個驚喜。」趙女士坐到靠窗的和室椅上，拍拍旁邊的另一張椅子，「陪我聊個天。」

聽到這句話，我才察覺到趙女士的心情或許沒有看上去那般輕鬆，又或許是，她從不習慣在外展現低落與脆弱的那一面。

我從善如流地坐到和室椅上，這時，房間門鈴再次響起，是趙女士安排的客房服務，送來了數瓶高級日本酒，與幾樣下酒菜。

當服務生擺設完畢離開後，我才輕聲道：「妳還好嗎？」

趙女士本來掛在臉上的笑容，因爲我一句話而消失。她輕嘆口氣，沒再擺出瘋顚歡快的亢奮，抬手飲下手中的酒。

安靜了片刻，趙女士才娓娓道來：「認識妳的那一年，我跟垃圾前夫漫長的離婚官司正告一段落。」

趙女士拿著酒杯，望著窗外夜景，忽然說起了從未跟我提過的往事，自己一個人呢喃著：「我一點也不後悔離婚，獨自扶養悅悅長大成人這件事情。但現在，我動搖了，甚至悔恨不已，我當初就該咬牙撐下去的……」

趙女士仰頭，將杯中清酒一飲而盡，連眉頭也沒皺。

「我想，這一切都是我的錯，是我沒有給悅悅一個完整的家庭，才讓她出現偏差行爲。」

聞言，我心頭一涼，不好的預感迅速蔓延，遍體生寒。

「是我無能、教子無方，才讓悅悅喜歡……喜歡女生，」趙女士的語氣冷硬，透出一股絕望，「是我讓她變成同志的，都是我的錯。」

烈酒入喉，又苦又辣，我顫抖著手，喝了一杯又一杯。

我問趙女士，此話何意？趙女士告訴我，親眼所見。

「妳知道親眼看到自己的女兒異於常人，是多難受的一件事情嗎？」趙女士話音很輕，語氣悲痛，「我都不知道，自己養出了一頭……怪物。」

「怪物」二字，像把匕首，狠狠地、深深地插進我的心裡。

我不禁想起，我的父母也是這麼看待我的。而當時，我從未想過，有一天，我的父母會如此看待我。

趙女士告訴我，在她拜訪完朋友，獨自到公園散步時，在公園盡處見到一抹熟悉的身影。

她認出那是盧亦悅，也見到她旁邊有另一名女孩。趙女士本來不以爲意，兩個小女生坐在一塊並不是特別的事。

可是，當她看到盧亦悅捧起女孩的臉，親吻對方時，趙女士的世界在那一刻坍塌了。

「當下我只覺得……噁心，非常不舒服。又晨，妳能明白嗎？我想到我曾經看過的裸露遊行畫面，那一刻，我認爲悅悅跟那些暴露狂是一樣的，沒有差別。」

趙女士忿忿不平，我悶著喝酒，她可能以爲我太過震驚，或許她只是想要一個情緒宣洩的出口，因此沒有發現我的手微微發顫。

「不幸中的大幸是，還好我及早發現悅悅的偏差行爲，不然拖到以後怎麼辦？那該有多可怕？要是我一直沒有發現，放任她繼續這樣下去，是不是將來就會去參加淫趴？染上愛滋？妳知道我有多擔心她嗎？」

我不知道。

我看著趙女士，見到她身爲母親的自責與焦急，我的胃不斷翻攪，便藉故去了趟洗手間。

廁所門關上後，我才想起今晚本來與溫歆有約，但似乎沒法去了，於是我傳訊息給她。

溫歆很快地已讀我，並回了一句話——

「沒關係，我已經習慣妳失約了。」

後來，趙女士喝得酩酊大醉，我不得已只好打給康玟玟求助。

康玟玟趕到時，不可置信地看著我跟趙女士，似乎不知道該從何問起。我苦笑著解釋，趙女士是自己偷偷跑來宜蘭的。

「那她怎麼喝成這樣？」康玟玟一臉愣然。

我搖搖頭，扶起趙女士答道：「不清楚，可能工作壓力大吧……」趙女士跟我說的那些話，是私事也是家事，我不應輕易向旁人提起。

康玟玟也體貼地沒有追問，幫著我將趙女士扶回房間。

確定趙女士安然躺在床上後，我跟康玟玟雙雙鬆口氣。我感激地說：「謝謝，不然我一個人眞的不知道該怎麼辦。」

「沒事，妳早點睡吧，晚上冷氣別開太冷。」她暖心叮囑著。

我頷首，與康玟玟於房門前道別。

我回到房間，動手整理起凌亂的茶几，外出旅遊住宿時，我總習慣順手收拾垃圾，讓負責清掃的房務人員整理起來時稍微輕鬆一些。

待我正要拿起換洗衣物進浴室時，房間門鈴再次響起。

本以爲是趙女士酒醒了來敲門，沒想到站在門外的人是康玟玟。

「嗨……」她滿臉的尷尬與赧然。

我困惑地看著她。

康玟玟怯怯道：「我……被鎖在門外了。」

「啊？」我忍不住驚呼，連忙壓低聲音，先將她拉進房裡。

康玫玟坐到沙發椅上，嘆道：「我發現自己沒帶房卡，想請裡邊的同事幫我開門，結果她好像睡著了，我又不想大聲嚷嚷吵醒其他房間的人……」

說起來也是因爲我，要是沒有請康玫玟過來一趟，她也不會被反鎖在外。我想了下，很快地說：「反正我是睡雙人床，要是妳不嫌棄的話，可以睡我這。」

康玫玟臉色一亮，語氣揚高幾分，「可以嗎？」

「妳不怕我下半夜會搶被子的話。」

她失笑，看上去相當開心。

我微微一笑，拿起換洗衣物準備洗澡，打開廁間，見到浴池才想起這是溫泉飯店。

「玟玟，我洗完澡後要泡溫泉嗎？」

康玫玟恰巧在門外，猛地抬起頭望向我，期期艾艾地問：「妳是說……一起泡嗎？」

我臉一熱，連忙搖頭解釋：「不是這個意思！我是說，我洗完之後，妳可以泡。」

康玫玟面色赧然，跟著我的話趕緊補充道：「時間不早了，妳要是等我泡完再進去太久了，而且，我可以圍浴巾進浴池……」

話說到這份上，合情合理，我要是再推託，感覺就是踐踏了她的好意，於是我說聲好，便躲進浴間洗澡。

等康玟玟進浴池時，我已經在浴池裡泡了一會。

嘩啦——

在不大的浴池中，兩人待著剛好，入浴泛起的水波一圈又一圈，在我心口盪漾，掀起細微的、微小的漣漪。

左側的餘光見到康玟玟肩膀以下圍著浴巾，在純淨的泉水中，浴巾蓋住了大腿大半，我暗暗鬆了口氣。

我不太習慣與他人有肢體接觸，儘管女生之間的親密，往往是不需要有愛情的，可我還是會下意識地避免主動碰觸。

是從什麼時候開始意識到自己與同儕不同的呢？

大抵是國中，蠢蠢欲動的青春期，我遇上的她，嬌小可愛，像個洋娃娃。她人緣好，無論男女都喜歡她，她喜歡跟人牽手、擁抱，膩在一塊。

她喜歡撒嬌，對著我總是「小白」、「小白」地叫著，要我陪她上廁所、搬講義。她很迷糊又懶散，時常因爲忘記寫作業，而來跟我借作業拿去抄。

也因爲這樣，我總是記得寫作業，好讓她來找我時不會空手而歸。我想，要是我能給她想要的東西，那麼，她是不是會一直來找我呢？

她總說，我對她很好、很好……她會一邊拉著我的手，一邊玩著我的外套衣袖，我總任由她隨意的小舉動。

那是冬日的事。

這天寒流來襲，天氣特別冷，戶外的體育課，她嚷著冷，緊緊跟我挨在一塊，看著她顫抖的小小身軀，我張開手抱住她。

「這樣有比較溫暖嗎？」

她望著我，我以爲她會跟平日一樣笑得歡快又明亮，可她卻露出一絲尷尬，笑容勉強。

「小白，妳這樣抱……好像眞的喜歡我一樣。」

我被這話砸得一愣。

她別過頭，嬌小柔軟的身體往旁挪了些，低聲道：「這樣好像有點噁心，就是有點怪怪的。」

我站起身，坐到了一邊；她也站起身，找了別人聊天說笑。

我窩在階梯上，在入冬之後，第一次感覺到那冷冽的風颳進胸口。

隨著她走遠的身影，我的胸口似乎也被挖空了一塊。

「又晨。」

我回神，轉頭便看到雙頰泛紅的康玟玟，正擔憂地看著我。

「妳好像悶悶不樂的樣子，怎麼了嗎？」

我低下眼，看著澄澈的泉水中，我與康玟玟並排靠在一塊的膝蓋。

氤氳的霧氣中，聲音似乎會被放大，也會被模糊。

我讓身體下潛了一些，抱著膝蓋輕問：「爲什麼……妳可以那麼自然地告訴我，妳喜歡過男生，也喜歡過女生呢？」

「因爲那沒什麼啊。」

我猛地轉過頭，看著神情輕鬆的她，不禁感到有些茫然。

「對我來說，我只是剛好在那個時間點，遇上那個人，那個人剛好與我同性別，或是不同性別都無所謂——我不需要誰的支持、誰的反對，因爲這是必然存在的事情，無關別人的想法。」

康玟玟望著我，兩眼笑得彎彎的。

「對我來說，『喜歡一個人』是跟呼吸一樣自然且必然的事。」

倘若眞是如此，趙女士爲什麼會大發雷霆？

倘若這些話是眞的，學校老師爲什麼會特意約談我？

倘若這是一件這麼輕鬆的事情，我便不會爲此痛苦那麼多年了……我也不會失去我的父母、手足與愛人了。

「我知道，用說的都很容易。」康玟玟用手撲著水面，「但是，又晨啊，難道妳要一輩子爲別人而活嗎？」

我微怔。

忽然間，胸口湧上莫名的情緒，那樣輕淡的口吻，好像是在否定我從過去到現在的所有努力與犧牲，我頓時有些憤懣，咬了咬牙，「妳可以……喜歡男生，也可以喜歡女生。」

康玟玟望著我，面色平靜，眼中情緒難辨。

「這樣的妳，是有——」

「又晨，妳想對我說，跟溫歆說過的話嗎？」

一時之間，我沒了聲音，怔怔地看著她。

她露出苦澀的笑容，溼潤的手摸上我的臉頰，紅唇微張：「又晨，有『選擇』的是妳，不是我或溫歆——妳可以輕易選擇放棄、選擇逃走，但我不行，溫歆也是。」

康玟玟雙手捧起我的臉，低頭靠近我，我這才看清楚她眼中的情緒是什麼。是悲傷與不安。

「溫歆告訴我，有一天，妳會告訴我，『妳是有選擇的，妳可以喜歡男生』……」

眼前忽然一暗，有隻溫暖的手遮住我的雙眼，我能感覺到，康玟玟的額頭隔著掌心抵著我。

「又晨，希望我是最後一個，被妳用這句話傷害的人了。」

嘩啦一聲，康玟玟踏出浴池，走出了浴間。

池水已涼，我在裡面待了片刻，聽到康玟玟在外頭接了通電話，似乎是同房的同事半夜醒來，發現她不在，趕緊打來確認。

接著，我便聽到房門打開再關上的聲響。

等我踏出浴間時，房內無人，彷若方才所有一切都只是一場夢。

看著床鋪上我脫下的浴衣，我不禁想，也許在一個人心裡留下的最大災厄，不是天災，也不是人禍，而是七情六慾吧。

一個人所擁有的、失控的七情六慾，才是生而爲人，最大的災禍。

✦

翌日退房時，趙女士已經離開了。

中午，她捎了封訊息給我，謝謝我昨晚陪她瘋、陪她喝酒。

「昨天拜託妳的事情，就再麻煩嘍，又晨。」

我回了個貼圖後，收起手機，趕往戶外集合上車。

三天兩夜的宜蘭行，第二天行至礁溪，先去忍者村，再去湯圍溝公園，最後下榻附近的溫泉飯店。

一上遊覽車，導遊便出聲提醒：「等一下路上會比較顛簸，有人會暈車嗎？可以往前坐喔！」

這時，我聽到後邊Linda拔高音量說道：「溫歆，妳不是會暈車嗎？妳去坐前面啦！」

我一愣，轉頭便迎上導遊的視線，她問我旁邊空位能否坐人，我吞吞吐吐地應聲好。

我怎麼可能拒絕？何況我也知道溫歆是易暈車體質。

高三畢業旅行時，溫歆提議要坐在巴士前座，我那時才知道她容易暈車。出發前夕，我瞞著她，在雨天裡走了半小時，只爲了去藥局買一盒暈車藥。

一上巴士後，我便喜孜孜地拿出暈車藥給她，見到溫歆又驚又喜的笑容時，我便覺得很值得。

這次旅行前，我經過藥局，一面在心裡暗罵自己雞婆，一面買了盒暈車藥放包包裡備用。

當溫歆坐到我身旁時，我躊躇了一會，最後還是在遊覽車緩緩行駛時，從包包裡拿出暈車藥。

「妳要吃一顆嗎？」我遞給她。

溫歆訝然，默了一會，才接過我手上那盒藥，低聲道謝。

車程不久，約半小時抵達忍者村，可這半小時，對我來說仍是煎熬的。

搖晃的遊覽車上，我收起手機，不經意望向車窗時，注意到溫歆垂著頭，一臉若有所思。

視線停留之處，是我給她的暈車藥。

「那個……」我怯怯地出聲，溫歆沒回應，但我知道，她正在聽我說話。「昨天晚上，我一個客戶突然跑來，說要跟我喝酒，所以……抱歉。」

溫歆嗯了聲，我們再度陷入沉默。

由於溫歆過於專注地看著藥盒，我忍不住問她：「妳吃了以後不舒服嗎？」

溫歆搖搖頭，嘆息般地說：「後來，妳放在藥盒裡面的紙條，在分手後被我爸發現了。」

我一怔。

我完全忘了這件事。

回憶排山倒海而來，我才想起自己當時確實在藥盒裡塞了張紙條，放到了溫歆包包裡。

可我早就忘了這件事，連紙條寫些什麼，我都沒印象了。

溫歆將藥盒塞回我的手上，抬起頭，彎彎脣角，聲音苦澀。

「我爸媽當時，很想見妳一面。」

遊覽車停下，導遊出聲催促大家下車進忍者村遊玩，溫歆是最先起身下車的，我則落在人群之後，在康玫玟之前下車。

從退房到現在，我的視線從沒有跟康玫玟對上，應該說，是她沒有看我一眼。

忍者村園區頗大，進園區內都得戴上頭帶，模擬忍者造型。園區內有十個關卡可以體驗，還有忍者主題餐廳，是挺有趣的地方。只是，我無心享受其中。

溫歆的一句話，令我感到心神不寧，但我仍逼自己融入群體，盡可能去體驗這些設施。

在這過程中，我注意到康玫玟並不在其中。

室內有熱情的工作人員在旁輔佐遊戲，我不好意思貿然離開，於是快速通關了一遍，可惜了那些有趣的苦無與手裏劍。對我而言，親眼確認康玫玟的蹤影更來得重要。

通關之後，我收起集章卡走到忍者餐廳，在屋外發現康玫玟的身影。正鬆口氣，便發現她正在講電話，面色凝重。

在我之後，陸陸續續有人破關，魚貫進入餐廳，康玫玟也在這時收起手機，轉過身來。

我們隔著一片玻璃，四目相對，她很快地別開了眼，低頭推開餐廳大門。

很快地，有人上前跟康玫玫攀談，她們一群人一邊聊一邊坐到靠窗圓桌，我收回視線，正準備找位子時，便聽到Linda喚我。我從善如流，走過去湊一桌，一起吃飯。

吃完忍者拉麵休息一下後，我們便上車前往湯圍溝公園。

這期間，我找不到與康玫玫獨處的機會，自然也沒有辦法問她，到底發生了什麼事。

康玫玫面上總是帶著淺笑，那是我第一次看到她露出那種表情，好像天塌下來似的，後來見她舉止正常，依然談笑風生，我便放心了些。

抵達湯圍溝公園後，已近傍晚。

薄暮之下，我與溫歆自然地走在一起，直到走至山林盡處，我請溫歆坐到長椅上。

我轉開早些泡腳時店家附上的礦泉水，仰頭喝了幾口，望著四周竹林，心情頓時沉澱不少。

我想，可以好好開口了。

「溫歆，我——」

「昨天晚上，」溫歆突然打斷我的話，「康經理在妳房間嗎？」

我一怔。

「我出來裝水，剛好看到康經理進去。」溫歆說道。

我的腦袋一片空白，點了頭，覺得不對，又搖搖頭，「那是因爲——」

「因爲康經理忘記帶房卡，我知道，我隱約有聽到。也是我打電話叫醒跟康經理同房的人。」

我知道康玫玫後來有接到電話，順利回房間了，可我沒想到會是因爲溫歆。

我錯愕地看著溫歆，不知道該做出什麼反應。

溫歆低著頭，看著池水中的魚群，繼續道：「妳大概在想，我爲什麼這麼做吧？其實，我也在想到底爲什麼。」

風拂過竹林，沙沙作響，猶如回憶的嘆息聲。

「有一天，我跟康經理同時留下來加班時，她告訴我，她對妳抱有好感，而她也認爲，我跟妳應該不只是舊識。」溫歆輕吁口氣，「所以，我問她，既然她猜到了，爲什麼還要告訴我？」

溫歆抬起頭，直視著我，她的目光，令我的心跳加快。

「她說，因爲她不喜歡躲躲藏藏、遮遮掩掩的，她不想那麼迂迴，她喜歡一切開誠布公——這樣的她，爲什麼喜歡妳？」

溫歆笑了聲，可眸中卻毫無溫度。

「所以，我告訴她，『總有一天，白又晨會讓妳失望』。」

四周的風大了些，林間傳來的竹葉婆娑聲，也跟著大了點。

「總有一天，她會告訴妳，妳是有選擇的。妳可以選擇別人、選擇男生，妳可以選擇走上平順安穩的道路。」

「總有一天，她會否定妳對這段感情的所有付出，並狠狠地踐踏妳的心意、妳的信任。」

「總有一天，她會扔下一句『我們分手吧』便消失得無影無蹤，直接搬到離妳最遠的城市。」

「總有一天……妳會因爲她，而害怕去愛一個人。」

「因爲妳永遠不知道，自己是因爲什麼原因而被拋棄。無從得知、無從改起，妳只會永遠認爲，這一切是自己的錯。」

「可是明明……」那雙眼蒙上一層霧氣，眼眶湧上的淚水，與相遇那日的雨珠是那麼相似。

「我沒有做錯什麼啊。」

我握住溫歆的手，緊緊的，像是這些年來纏繞在我心上的荊棘般，不只禁錮我，也束縛了溫歆。

當年跟溫歆提分手時，我沒有哭。

當年在交志願卡前的最後一刻，我被父母選了離溫歆最遠的學校時，我沒有哭。

當年溫歆朝我哭吼，說我只愛自己，這樣的我，不值得任何一個人的愛時，我沒有哭。

可多年以後，見到溫歆的眼淚時，我卻沒忍住地跟著哭了。

原來我心裡有一道傷口，從來沒有痊癒。我以爲，只要我擱在那兒假裝不存在，總有一天，總會自己好的。

「我……會怕啊。」我的聲音在顫抖，「我怕所有我經歷的一切，全都會加諸到妳的身上……溫歆，我會怕。」

我跟溫歆交往的事情，先是在同學間傳開，而後不小心傳到了師長耳裡；在高三最後一次班親會後，老師告知我的父母，該對我多加看管。

不要放任我，去影響其他優秀的學生。

她說我性格頑劣，對溫歆的感情不可能是眞的，只是青春期的一種錯覺。

她對我的否定，也間接否定了父母對我的教育。

我的父母在這一刻才發現，原來我早就不是他們心中那個引以爲傲的女兒，不知何時，我早已「出格」。

那天之後，我面對的是無盡的羞辱與否定，他們說不動我就威脅我，不改正，就連著溫歆一起罵。

我可以承受所有指責與控訴，但溫歆不行。唯獨溫歆不行。

在那當下，沒有人站在我這邊。

沒有人告訴我：這一切不是我的錯，沒關係的。

我只能窩在被窩裡，抱著自己，拚命祈禱明天會更好、今天總會過去……這麼盼著，只盼到了父母對我下的最後通牒。

他們知道，溫歆會在臺北讀書，在交志願卡前一刻，私自改了我的志願，直到放榜那天我才知道，我的大學落在南部，離舊家不遠。

不是跟溫歆約定好的北部。

他們想要我服從，想要我聽話，而我累了、妥協了。

他們要我回歸「正常」，否則就不要住在家裡。他們以為我會放不下，可我直接搬了出去。

我離開溫歆，也離開了家，沒有人知道。

「那是學測之後，我請長假，跟爸媽到處旅遊時發生的事情嗎？」溫歆顫著聲音問道。

我看著溫歆，彷彿看到身穿制服的她，站在我面前，笑容燦爛又溫暖。

我怎麼忍心讓這樣的笑容消失在溫歆臉上呢？

「我怎麼可能……也讓妳經歷這些？」面對著溫歆，我再無謊言與隱瞞，「我找過妳一次……在大學畢業，我接案穩定，幾乎可以經濟獨立時，我去妳學校找過妳。」

並不是爲了復合，也不是爲了解釋，只是單純地很想見溫歆一面。

「大學的畢業典禮……」溫歆彷若陷入回憶，思忖了一下，陡然瞪圓雙眼，「等一下，妳那時候在嗎——」

「嗯，我在。妳被當眾告白的時候，我在。」

一南一北，終究不是短程旅遊，於我來說，可以說是長途跋涉了。

我拿著花束走進溫歆所在的大學，我想像著溫歆在這念書的模樣，似乎這樣可以離她近一些。

當我眞的見到溫歆時，是在禮堂門口。畢業典禮剛結束時，有一場盛大、浪漫的告白，在人群之中的是溫歆。

我當下的心情其實是開心的，在離開我以後，溫歆過得更好，是好事。

「那……妳爲什麼不來找我？妳就這樣走了？」溫歆揚高音調，一臉不可置信。

「因爲我見到我想見的人了。」

那天之後，我覺得心裡完全放下了溫歆，某個念想隨之徹底斷了。

溫歆雙手掩面，雙肩隨著呼吸上下起伏，她似乎仍處於震驚之中，許久後，才開口說道：「把這一切好好地跟我說，妳會少一塊肉嗎？」

「不會，可是妳就得承受雙倍的質疑——」

「又晨，妳有問過我嗎？」

我微愣，被這話堵得語塞。

「愛一個人，不是把自己的想法強加在對方身上，自以爲是地做出最適合對方的決定……那不是愛，又晨，那叫做『一廂情願』。」

溫歆放下雙手，面向我，臉色柔和，眼神帶著無奈。

「嘴巴是用來溝通、傾訴的，如果妳願意多跟我說一句，而我也願意多問妳一句，妳是不是就能明白，妳不是一個人，妳有我，還有我的爸媽啊。」

我怔忡。

溫歆撫上我的臉頰，輕輕摩娑，「這世界上，有人喜歡妳，就會有人討厭妳。有人肯定妳，就會有人否定妳。負面的聲音總是比較大聲，但是，如果妳願意說、願意試著表達，一定會有人支持的。」

溫歆拍拍我的頭，她說，藥盒的那封信被父母偶然發現後，她跟父母長談了一晚。

「他們告訴我，他們得知當下也很震驚、很訝異，可這樣的情緒，並不是不好的，他們只是……不理解。」

恐懼生於無知，當理解後，便不會感到這麼害怕了。

「又晨，我不是要妳原諒父母曾帶給妳的傷害，我只是想讓妳知道，父母也曾是小孩，沒有人教他們，什麼是同性戀、什麼是雙性戀，沒有人好好地告訴過他們。」

溫歆捧起我的臉，認真地看著我，那雙眼睛，是我曾眷戀不已的風景。

「我很肯定妳的爸媽一定非常、非常愛妳，他們或許只是害怕，害怕妳變得陌生，害怕妳變成他們不認識的樣子，也害怕有一天，會永遠失去妳。」

那雙手緩緩下移，停在我的胸口，輕輕的。

「我知道這些年來妳一定遇到很多不好的事，有人傷害過妳，妳也可能傷害了一些人。我知道妳心裡可能已經千瘡百孔了，但是，不要放棄去愛人，要相信自己是可以被愛的……」

溫歆抱住我，在我耳邊輕道——

妳要記得，妳被我全心全意地愛過，而我也因爲被妳眞心喜歡過，而感到無比幸運。

又晨，對不起。

一段感情中，沒有絕對的對與錯，我不只是受害者，我也同樣是加害者，可是，都沒關係了。

我想起來了。

想起最初，我只是想多看妳一眼，僅此而已。

喜歡一個人，沒有這麼複雜的。

妳會被愛的，一定會的。
一定會的。

第八章

宜蘭行的最後一站是頭城老街。

溫歆被Linda拉去拍網美照，康玫玟則是在散會後不知不覺消失了。

頭城老街有許多古蹟可以走訪，其中不乏逗趣的彩繪牆面與好吃的美食，在這個景點，我沒有旅伴，所以走起來相當愜意。

我走進一棟紅磚建築，發現有一間皮革手作複合式的紀念品商店，空間相當寬敞，我一個人隨意逛著。

這是旅程最後一個景點，我正想著要給紀晏恩買些什麼回去時，一道陌生女嗓忽然從旁響起。

「那個……妳是白又晨？」

我轉頭，訝然地看著眼前穿著皮革圍裙的女店員，越看越覺得熟悉。

「妳是……」

「我們高中同班，妳有印象嗎？」

話落，我仔細看了看對方的五官，登時瞪圓雙眼，驚訝道：「妳是邱庭對不對？但我記得妳高中時有戴牙套，所以一時間沒認出來。」

邱庭噗哧一笑，「沒有人牙套戴七、八年的啦！我其實也很怕我認錯人，不過妳看起來跟高中時沒什麼太大改變。」

我印象中的邱庭身材稍微圓潤，當時戴著牙套，她是很愛笑的女生，個性活潑開朗。雖然高中三年我們處於不同朋友圈，但我對邱庭的印象挺好的。

現在的邱庭摘下牙套，身材勻稱，不變的還是臉上那大大又討喜的笑容。

我跟邱庭閒聊起近況，才知道她是宜蘭人，這是她父母的店，她假日偶爾會來幫忙。

邱庭接過我的名片，半是讚歎半是感慨道：「沒想到妳眞的成爲專業設計師了，我眞的很爲妳感到高興，妳從高中開始就一直很厲害啊，只是……可惜溫歆沒有繼續寫小說了。」

我微愣，順著話問：「妳跟溫歆還有聯絡嗎？」

「妳呢？跟溫歆應該老死不相往來？」邱庭不答反問。

我失笑，點點頭，「本來應該會那樣，不過最近遇到了。」

邱庭又驚又喜，語調揚高，「眞的嗎？那太好了！不然我一直放心不下她。」

那是一個發自內心的笑容，我能感覺到，邱庭眞的很關心溫歆，也在閒聊之中知道邱庭與溫歆是大學同學。

那是我與溫歆的空白期。

邱庭帶我到手作皮革區，泡了杯熱茶給我。

我抓緊機會問道：「上大學之後，溫歆還有在寫作嗎？」

「一開始有，但我記得在升大三的暑假過後，她突然跟我說她不寫了……」

邱庭記得，大三開學時，她問溫歆暑假做了些什麼，溫歆態度平淡，一副不想多談的樣子。

「妳不是說要在暑假完稿嗎？妳寫完啦？」

溫歆只是淡淡地答道：「我不寫了。」

邱庭錯愕，追問之下，也只得到溫歆世故的淡然口吻。

「大三了，要實際一點了，別再想那些有的沒的，該爲了自己的未來作打算。」

提及此，邱庭輕嘆一聲，「當時我鼓勵溫歆繼續寫下去，她只回了句『當作家會餓死的，別想了吧』，我還眞無法反駁她……」

「這樣啊……」換作是我，一時間，我也想不到自己會跟溫歆說什麼。

那個夏天，大抵就是溫歆放棄寫作的轉捩點，我也是在那個夏天，認識了趙女士。

如果沒有認識趙女士，我能開始接到商案，並在幾年之後的現在，成爲一個專職設計師嗎？

大概是不可能的。

「總之很高興妳開始跟溫歆聯絡了。雖然那是很久之前的事了，但我還是希望妳可以找機會跟她聊聊看。妳也從事創作設計方面的工作，或許比我更懂她的難處。」邱庭說道。

我點頭，心中確有此意。

後來，我在皮革手作區架上發現一個皮革製品，便請邱庭協助我完成皮製手作。結帳時，邱庭順道問了句：「需要加購禮盒嗎？」

我想了下，便請她替我包裝。

離開前，邱庭叫住我，「對了，又晨，我晚點加妳的LINE，跟妳說同學會的事情。要是妳願意的話，可以跟溫歆一起來。」

我微愣，說了聲謝謝後，邱庭便繼續忙於皮革手作教學。

我提著禮品袋走出店外，在明媚的陽光下，我看了看手中的紙袋，希望她會喜歡。

集合時間一到，公司同事陸續上車，唯獨沒看見康玟玟。

有人注意到康玟玟不在，導遊隨即解釋道：「康經理說她接下來還有行程，就不跟著回臺北了。」

話落，大家議論紛紛，但注意力很快又被導遊的笑語聲給拉走。我望著康玟玟的座位，有些惴惴不安。

我沒忘記在忍者村的時候，她臉上的凝重。

是不是出什麼事了？

在遊覽車出發前，我深吸口氣，走到導遊的座位旁，向她提出一個請求。

「妳要在這裡下車？」導遊怔怔地看著我，「妳確定妳自己一個人沒問題嗎？」

我點點頭，她再三叮囑我注意人身安全，便讓我拎著行李下車。

我站在原地，目送遊覽車駛離，心跳快得彷彿要跳出胸口。

我真的瘋了吧……我走到頭城火車站大廳，緩了緩呼吸，打給了康玟玟。

我本來有些怕她不接我電話，但在摁掉通話之前，她接起了。

「喂？」

康玟玟的聲音聽上去很有精神，我放心了些，也更難開口。

我吞吐道：「那個……我……」

「現在這時間……遊覽車還沒開嗎？爲什麼妳那邊好像很吵？」

面對康玟玟一連串的提問，我深吸口氣，語速極快，「我現在人在頭城火車站！」

「啊？」

康玟玟拔高音量，語氣盡是不可置信，「妳沒有上車嗎！天啊，妳這麼大一個人怎麼丟包的？我現在就跟導遊聯絡——」

「是我自己要下車的！」

我明顯感覺到康玟玟的僵滯，我們沉默了片刻，康玟玟低嘆一聲，「妳好瘋啊，又晨……為什麼？如果妳是因為愧疚，那眞的不必，妳現在上火車回臺北還來得及。」

「我有東西要給妳。」

我也知道自己這行爲非常瘋狂又不講理，但這是我最想做的事。

「唉……」我聽到她又嘆了聲，但似乎夾雜一絲無可奈何，「我該拿妳怎麼辦呢？妳往妳左邊看一下。」

我倏地往左方望去，迎上熟悉的面容與眉眼時，我的心跳極快。

她還在這兒！她站在閘門後方那望著我。

我立刻拎著行李快步走去，刷卡進站，走到康玟玟的面前，我盡量壓抑喜悅，語氣平穩地喊了聲「玟玟」。

康玟玟無奈地看著我，脣角微微揚起，「妳有想過我可能已經不在頭城了嗎？到時妳怎麼辦？」

「那就……到時再想。」我老實說。

她笑了，領著我走向月臺一邊道：「我現在要搭車去宜蘭火車站，我家人會來車站接我。」

一輛自強號停在我們面前，我跟著康玟玟一同上車，幸好車上乘客不多，我便先坐在她旁邊。

康玟玟告訴我，她要回家見大福最後一面。

「大福是我家養的狗狗，是一隻很可愛的拉不拉多犬，從我高中開始養，現在也十五、六歲了，年紀大了。」

她語氣平淡，但我知道她心裡肯定很不好受。

我沒有養過寵物，沒有經歷過與寵物的生離死別，但想像那畫面，我一顆心便揪在一塊。

康玟玟大抵想緩和氣氛，於是話鋒一轉，便轉到了我身上，「妳呢？妳要給我什麼？」

「其實……不是很貴重的東西。」我拿出紙袋，交給了她。

那眞的不是很貴重的禮物，我只是想，或許她用得著。

她似乎很期待，很快地在我面前打開紙袋，再拆開禮盒。

「這是……眼境盒嗎？」

康玟玟坐在靠窗那側，橙色夕陽斜斜地照進車內，那張清麗的面容染上一片雲彩。

「對啊。」我移開眼，努力解釋，「我看到妳在車上放眼鏡的時候，好像用得不太順手，想說妳那個眼鏡盒可能壞了……」

「謝謝。」她立刻從包包掏出眼鏡盒，拿出只有在工作時才會戴上的眼鏡，將眼鏡放進我送她的眼鏡盒。

說起來，其實我只是買了半成品，然後在邱庭的協助下，在皮革上刻字而已。

「舊的眼鏡盒妳幫我扔了。」康玟玟兩眼笑得彎彎的，陽光灑進她眼裡，閃閃發亮。

康玟玟拿著我送給她的眼鏡盒，一邊左右端詳，一邊喃喃道：「不過妳下午應該挺閒的？到底做了多少小東西？」

「我只有做這個。」

她的手一頓。

「沒有別的，只有這一個。」我說。

到站的廣播響起，我拎著行李，跟康玟玟一前一後下車。

走出車站前，我想著等會兒要先打電話去各家旅館問是否有空房，之後的事就再打算了，不料，康玟玟先我一步打電話。

「喂？阿姨，我玟玟啦，妳那邊有沒有空房？要住一個晚上，是我朋友，對……」

我愣愣地看著康玟玟通話的側影，見她處於人來人往中的清瘦身影，覺得她眞的挺好看的。

「好了。」康玟玟掛上電話，指著外頭說道：「我阿姨家經營民宿，在這附近，她現在開車過來載妳。」

話落，她忽然挨近我，湊到我耳邊輕聲道：「我跟家裡說明天晚上回臺北，不過，如果妳想，我可以明天晚上過去找妳，妳在房間等我。」

溫熱的吐息似根羽毛，搔著我的耳廓，我全身起了雞皮疙瘩，立刻跳開，頻頻搖頭，「不、不用！我們可以一起搭車回臺北！」

康玟玟笑容嫣然，捏了下我的腰，她拉著我走到廣場，替我向阿姨做個簡單介紹，再送我上車。

民宿離車站不遠，且因爲我是康玟玟的朋友，民宿老闆夫婦也對我照顧有加，我不禁覺得，還好有做出這個決定。

進房安頓好行李後，我打了通電話給溫歆。

「妳跟康經理有碰到面就好啦！我在遊覽車上眞的很傻眼欸！」

我大笑幾聲，說了聲「我也是」。

「對了，溫歆，我們下週約個時間見面，我有東西想給妳看。」

溫歆應聲好，便掛上電話。

通話結束後，我改打給了紀晏恩，告知她我會晚點回去。

「怎麼？去宜蘭一趟就要嫁過去了是嗎？我需要準備一臺除溼機當妳嫁妝嗎？」

「靠腰。」我翻個白眼，「妳怎麼不買一臺空氣清淨機除妳的臭宅味？」

紀晏恩罵了幾聲，才問起正事：「不然呢？妳有地方住嗎？」

我將來龍去脈簡單跟紀晏恩說了一遍，原本以為她又要損我幾句，可我只聽到她帶笑的嗓音輕輕響起：「那挺好的啊，白白。」

我垂下眼，嗯了聲，聽到這句話，我便感到安心了。

晚上的宜蘭一片靜謐，我坐在陽臺的藤椅上，遙望這個城鎮。

宜蘭對我而言是陌生的，但在往後的某一天裡，當我想起這裡時，應該會是美好的。

凌晨時分，睡意朦朧之間，我收到了康玟玟的訊息。

「大福去當小天使了。」

我看了許久，鼻頭微酸。

知道此刻多說些什麼都是無益，所以，我道了聲晚安。

翌日起床，民宿老闆娘借給我機車，讓我去附近逛逛。

我騎著車，循著地圖，找到一間玩具店，進去晃了圈後，提了一袋戰利品出來。

我逛遍四處，參觀不少展覽，也造訪幾間擁有特殊印刷工藝的印廠，直至落日，我才心滿意足地離開。

回到民宿時，我在景觀餐廳見到康玟玟。

她見到我的剎那，揚起燦爛的笑容，可我仍注意到她眼下的青色與略腫的眼皮。

她肯定哭了整晚吧。

飯後，康玟玟隨我上樓進房間收拾行李，一進門，我便要她轉過去。

她問也不問地直接轉過身，我輕吁口氣，將袋中的物品拿在手上，要她轉回來。

「又晨，妳又在——」

後邊的話，在她見到我手中高舉的小狗娃娃時，頓時沒了聲音。

我蹲在地上，視線自下而上地看著康玟玟，莞爾一笑，「這給妳。」

康玟玟本來含笑的雙眼，忽然湧上淚水。我一怔，見到她跟著蹲下身，在我面前哭得泣不成聲。

完、完蛋了……

我慌張地想放下娃娃拿衛生紙，卻被她一手拿過，緊緊抱在懷裡。

我輕吁口氣，拍拍她的頭，「這其實不是我本意……我只是想讓妳知道，只要妳記得，大福就會一直都在。」

下午就是爲了買拉布拉多的小狗娃娃，所以我跑了趟玩具店，原本是想，康玟玟應該會喜歡，但我卻弄哭她了……

她似乎感覺到我的侷促，瞅了我一眼，一臉受不了地說：「妳這時候應該要抱我！不是傻愣在那兒！」

「喔，好……」我搔搔頭，張手抱住她，結果因爲太緊張，腳不小心麻了。

康玟玟又哭又笑地看著我，用食指戳著我的額際，一邊抽噎一邊說：「以後有得教了。」

她說了「以後」。

我發現，我喜歡聽到她說，我們有以後。

✦

宜蘭行結束後，我到趙女士家拜訪。

「我在車上等妳，我不會走。」康玟玟在我下車前，握了一下我的手，我也回握她，緊緊的。

趙女士跑來宜蘭找我喝酒時，曾這麼拜託過我——

「又晨，拜託妳，讓悅悅恢復正常好嗎？妳是她最喜歡的姊姊，也是我最信任的合作夥伴，這件事情我只能拜託妳，拜託妳幫我勸勸她……」

我當時答應了。但現在，我有了別的答案。

按下門鈴，不一會兒門就打開了，幾日不見的趙女士面色憔悴，著急地讓我走進去。

我張望四周，問道：「亦悅呢？」

「在樓上，她被我禁足好幾天了。」趙女士說，「又晨，我帶妳上去——」

「等等。」我拉住了趙女士。

趙女士疑惑地看著我，我鼓足了勇氣，開口道：「我是來找妳的。」

我拉著愣住的她，坐到了客廳沙發上。

一坐下來，我感覺到自己的雙腳在顫抖，我將雙手放到大腿上，瞥見手背時，我想到那雙溫暖的手。

那雙手，毫不猶豫地握住我。

我不是一個人，盧亦悅也不是。

「又晨？」

趙女士出聲，我抬起頭，彷彿見到我的父母，正在我面前。

若有機會回到十年前，面對盛怒的父母，我會想跟他們說些什麼呢——

「晨，妳不覺得盧亦悅很像妳嗎？」康玟玟這麼跟我說。

我愣愣地看著她，無法理解這句話的意思。

「雖然妳跟我說，盧亦悅會讓妳想到以前的溫歆，她們都有一雙擁有夢想的眼睛。可是，在我看來，盧亦悅很像十年前的妳。」

忽然間，我明白了很多事。

關於趙女士，我曾非常苦惱，不知道該怎麼辦，可康玟玟的一句話，卻讓我懂了。

「晨，如果妳有機會回到十年前，妳想跟那時的自己說些什麼呢？」

我所苦惱的、解不開的，答案昭然若揭。

只是，這麼簡單的事情而已。

「蔓蓉，這幾天，妳有好好看看亦悅嗎？」

趙女士怔怔地看著我，緊緊皺起眉，「妳這話是什麼——」

「她還是盧亦悅。」我打斷趙女士，咬著牙，用力說道：「蔓蓉，盧亦悅還是妳女兒，她沒有因爲喜歡女生而改變些什麼。她還是盧亦悅，她不是怪物，她是妳女兒。」

趙女士語氣變得激動，「白又晨，妳這次來到底是——」

「我也喜歡女生！」

我對著趙女士大吼，第一次，親口向別人說出這件事。

趙女士怔怔地看著我，滿臉不可置信。

「我一直、一直都只喜歡女生。我們認識這麼多年了……這樣的我，在妳眼裡也是一種『惡』嗎？」

我直面趙女士，她卻避開了我，雙手緊緊地握在一塊。

「又晨，妳不可能……」趙女士字句混亂，話語破碎，「妳那麼好，怎麼可能會是……」

我握住趙女士的手，在模糊的視線中，見到她同樣淚流滿面。

「沒有人告訴過妳，這些是什麼，又爲什麼會這樣，是嗎？」

趙女士沒有回答我，只是安靜流著淚。

我摸摸趙女士的手，放輕語氣，「對不起，我現在也還沒有辦法好好地告訴妳爲什麼會這樣、這樣的感情又是什麼……可是我一定得讓妳知道，亦悅很好，她眞的很

好。妳該爲她感到驕傲，妳也該爲自己感到驕傲，因爲妳是很棒的母親，妳沒有失

職，妳養出了一個很棒、很棒的女兒。」

我看著趙女士，像看到了我的父母。

如果我父母在我面前，我會想這麼跟他們說——

「拜託妳，好好看看亦悅，好嗎？我拜託妳，眞的，拜託妳。」

——請好好看看我，我沒有因爲喜歡女生，而變成另外一個人。

「有個人告訴過我，『喜歡』這件事情只是『剛好』。剛好在這時候遇上這個人、剛好喜歡上了、剛好對方跟自己同性別……一切都只是『剛好』，沒什麼奇怪的。」

話落，我抱了抱趙女士，抬手抹了下眼睛。

然後，我起身往樓上走，卻發現盧亦悅站在那兒，不知道聽了多久、又聽了多少。

我走向盧亦悅，像走向過去的自己。

我張手抱住她，摸摸她的頭，對著她，也對著十年前的自己，緩聲低語：「沒事，一切都會沒事的。妳喜歡誰，就儘管去喜歡誰吧，無論這世界有多糟糕，都要繼續愛人，也要相信自己可以被愛的，好嗎？」

盧亦悅抱住我，嚎啕大哭。我輕輕拍她的背，告訴她，妳不是自己一個人，我會

跟妳站在一起。

其實，我不知道未來會發生什麼事。

我也不知道，以後的世界會不會更糟，也許會，也許不會，但都無所謂。

只要能繼續走下去，那便是很美好的事了。

✦

下雨了。

我站在家門外，一邊看手錶一邊看街道，等了三、五分鐘後，總算看到一輛車朝這駛來。

轎車在我面前停下，溫歆趕忙從副駕駛座下車，我則是彎下腰，提醒康玟玟下雨天開車小心。

「好，那我先去咖啡廳了。」康玟玟用力地眨了眨眼，瞧見那眼裡的狡黠，我失笑，明瞭地頷首，用脣語無聲說了句「拜託妳了」。

目送康玟玟驅車離開後，我才帶著溫歆上樓。走到門前，我瞅了眼溫歆，見她拍拭肩上的雨珠，我說道：「我現在跟室友一起住，不過她今天不在家。」

話落，我打開門，領著溫歆進屋。

一進門，溫歆便拔高音量，「妳家怎麼這麼亂！妳要搬家喔？」

我聳聳肩，「的確要搬家……我找了個挺大的家庭式合租空間，然後……」

「妳跟康總監要同居了嗎！」溫歆的尖叫聲，差點把我耳膜給震破。

我捂著耳朵，稍稍遠離溫歆，「就……對啊，我的室友也會一起過去，大家有個照應。」

之前跟紀晏恩正式介紹了康玟玟後，紀晏恩就慫恿我趕緊嫁過去，免得哪天康玟玟改變心意。我翻個白眼，沒好氣地問她，那她要住哪裡？

紀晏恩無所謂地攤手，似乎毫不介意我現在就搬家。

跟康玟玟閒聊時，本來是抱怨紀晏恩那張臭嘴，不料，她卻直接說道：「那就找個大一點的空間，一起住不就好了嗎？」

我愕然，正覺得這樣不妥時，康玟玟又說：「我喜歡妳，所以連帶照顧妳身邊的人，很合理吧？加上這件事情百利而無一害啊。」

於是，我便開始找家庭式合租房，等租約到期之後就搬過去。

「那妳今天叫我過來，不會是要我做苦力的吧！」溫歆抗議。

我沒好氣地覷她一眼，「就妳那弱雞手臂，可以幫上什麼忙？」

「白又晨！」

我大笑幾聲，要她跟著我走進我房間。

我走到櫃子前，指著書櫃說道：「妳看看。」

溫歆雖然疑惑，還是順著我的話，從書櫃中隨意抽出一本刊物，隨手翻了翻。

我站在旁邊，出聲問：「妳覺得如何？」

「很好。」溫歆撫著書，又再翻了翻，「這本書的紙質很棒，書名燙金的部分也處理得很漂亮，而且我個人喜歡有書衣，內裡這張扉頁紙看得出來特意挑過，跟封面顏色有整體感……」

我彎彎脣角，「這個櫃子，全部都是我的設計作品，包括妳手上那一本。」

溫歆翻書的手一頓，神色難辨。

「妳還是喜歡書的，是嗎？」

聽溫歆說著手上那本書的細節，我彷彿看到她穿梭於書店中的身影。

溫歆苦笑，將書放回櫃中。

「溫歆，我現在有能力自己完成一本書的設計、包裝到印刷，但是，我寫不出一本書。」

溫歆望著我，又別開了眼，臉色有些黯淡。

見她沉默，我忍不住追問：「溫歆，妳眞的不想寫作了嗎？」

「我啊……是爲了不痛恨寫作，所以才不寫了。」

我一愣。

溫歆拿起我櫃中的一本書，輕輕嘆口氣，「我花很多年的時間，才接受自己的平庸。又晨，創作這件事情，七分靠天賦，三分靠努力。不管多努力，都無法補足七分的天分——『喜歡寫』跟『我會寫』是截然不同的兩件事。」

溫歆拿著書，坐到我床上，朝我揚起苦澀的笑容。

「我從國中就開始寫小說了，一直寫到大學還沒有起色，但我沒氣餒，因為網路上還是有一些讀者支持我，雖然不多，對我而言已足夠了。可是……『寫下去』這件事情，沒辦法只靠信念。」

溫歆告訴我，她不是一直都沒有出版機會，不是沒有結交其他文友，可結果並不好。

「有出過書的前輩跟我說過，我的文筆不錯、劇情也有水準，但寫GL太小眾了，出不了書的。」

「我想著，沒關係啊，我在網路寫寫就好了，可是寫久了，我認識的那些文友，一個接著一個有了商業出版的機會，只有我仍在原地踏步。」

「我也不是沒有盼到過出版的可能，可是我的寫作狀況越來越不好，我越寫越焦慮，只好求助編輯，但對方告訴我，其實寫不出來也無所謂，還有別的作者在寫。」

「有一天，我打開Word檔時，我發現，我一個字都寫不出來了。」

溫歆將書還給我，語氣坦然，「我不覺得這是壞事，至少我沒有痛恨自己曾經最愛的事情，我只是，接受了自己沒有才能的事實。」

「不是這樣的！」我聽得惱火又心疼，忍不住打斷溫歆。

溫歆怔然，神情欲言又止，卻什麼都沒說。

「妳忘記自己跟我說過什麼嗎？設計是『給人看的的東西』，寫作也是。妳既然公開發表了著作，就是爲了被『人』看見，那個『人』，是妳的讀者。」

我深吸口氣，雙手攀在溫歆肩上，看進她毫無往日光采的眼裡。

「出書是一時的、得獎也是一時的，那些都是留不住且帶不走的東西，眞正會留下、會記住妳的文字的，是妳的讀者。妳的每一個讀者，無論多寡，都不只是『數字』。他們是人，有血有肉的人，他們每一個人都是獨立且獨特的個體，是有自己的生活、自己世界的人。」

我頹然放開手，心裡感到惆悵不已，「這些話，都是高中的妳告訴過我的話，現在，我還給妳了。」

我坐到地上，自下而上，看著故作世故、故作成熟的溫歆，低聲道：「溫歆，妳忘了嗎？妳寫作的最初，不是爲了跟誰比較，也不是爲了得到誰的肯定，妳那時希望的，是妳的文字有機會陪伴一個人，因爲妳也曾被文字拯救過——妳這樣跟我說過的，妳記得嗎？」

溫歆從床上站起身，也跟著坐在地上。

「我知道，一路走來我很幸運，眞的成爲了專職設計師，妳大概覺得我憑什麼跟妳說教吧？我憑什麼站在高處指責妳呢？但我不是這意思，我只是很想、很想……」

我拉過溫歆的手，攤開她的手掌，想起這隻手拿著筆，在稿紙上振筆直書的模樣，讓人懷念不已。

「很想再看到妳快樂地寫作，只要妳還喜歡這件事情的話——因爲妳對我說過的話，我一記就是十年。妳沒有妳自己想的平庸，溫歆。」

重逢至今，無數想對溫歆說的話，在這一刻，全數傾盡。

雖然高中畢業之際，我便與溫歆分開了，可她跟我說過的每一句話，都深深影響我，尤其是在投入設計之後。

她讓我始終記得，我的設計，是要給人看的。我從自我中心的「本我」，到願意站在案主的角度，從案主的立場發想設計——這是溫歆留給我的禮物。

儘管會被說隨波逐流、沒有自己的形狀，但只要看到案主露出滿意的笑容，在那當下，我便覺得我的設計是有意義的。

「又晨。」

「嗯？」

窗外的雨，不知不覺中停了。

「那……妳要當我的讀者嗎？」

我笑了，溫歆也是。

「我一直都是啊。」

在康玫玟公司的附近，有一間非常漂亮寬敞的咖啡廳，雖然距離康玫玟公司相當近，可她因爲習慣沖泡濾掛咖啡，所以並不常去，但溫歆就不同了。溫歆是常客，一去就是兩個月，天天去。

「妳去了六十天，然後，還沒要到咖啡師的LINE！」康玫玟感到非常不可置信，我也是。

我跟康玫玟的視線同時掃向溫歆，而成爲箭靶的溫歆，支支吾吾地說：「我、我不敢……」

康玫玟撫額，瞥我一眼，沒好氣地說：「難怪妳們兩個在一起過，在這方面一模一樣！」

怎麼我也被罵進去了……我摸摸鼻子，趕緊轉移戰火，「所以我這不是把妳給一起約來了？」

事情是這樣的。

宜蘭行的第二天晚上，溫歆約我去散步賞夜景，在皎潔的月色下，溫歆問我：

「又晨，妳……還喜歡我嗎？」

我暗自想，這問題總是要面對的，於是我鼓足勇氣，鄭重地回道：「溫歆，抱歉……我認識了一個，非常吸引我的人。」

「那就好，因為我不喜歡妳了。」溫歆毫不委婉地說。

「靠！」我沒忍住地罵了聲，「那妳不要搞得一副要告白、要復合的氣氛好嗎！」

我這才知道，溫歆會跟前任分手，確實與我有關，但不是因為我這個人。

「跟妳重逢後，我發現自己好像還是更喜歡女生一點，我也不想耽誤對方，所以就跟我男友提分手了。再之後……就覺得有個人，挺好看的。」

溫歆口中的「那個人」，是咖啡廳的一位女咖啡師，束著高馬尾，一臉冷淡，可沖泡咖啡的俐落動作非常有魅力。

倘若要認真描述一下咖啡師給我的感覺，就是紀晏恩與康玟玟的混合體。

「我受不了了，妳們兩個人，都坐在這裡給我等著。」康玟玟忽然站起身，落下這句話後，便拿著手機走向工作檯。

康玟玟走向那位咖啡師，不知道說些什麼，竟然讓對方露出笑容，看了過來。不一會兒，康玟玟就拿著手機回來，擺出居高臨下的姿態。

「好了，我要到聯絡方式了，也確認對方現在單身。還有，她說她認得妳，一直在想妳什麼時候會主動開口。」

話落，溫歆一副被暴擊的模樣，滿臉漲紅，喜孜孜地加了咖啡師的LINE。我在旁看著，不禁想，我當初跟溫歆在一起的時候，也是這副掉智商的樣子嗎？

「現場來賓白小姐，您的蛋糕好嘍！」

聞聲，我跟康玟玟同時走到櫃檯接過蛋糕，將溫歆獨自扔給咖啡師後，便一同離開咖啡廳。

上車後，我將蛋糕放到汽車後座，聽到康玟玟說道：「很期待明天見到妳弟跟妳妹。」

我微微一笑，應道：「是我要謝謝妳陪我去。」

後座的草莓蛋糕，是侑喬的生日蛋糕，明天是侑喬的生日，也是我離家後這些年來，第一次替他慶生。

我不確定侑喬見到我是否會高興，我只是自己想這麼做而已。

✦

翌日傍晚，我跟康玟玟抵達侑喬就讀的大學。

雖然我跟侑喬說過我大概幾點會抵達，但他可能不會當一回事。可我沒想到，他早就在那裡等著了，還和宥薇一起。

見到我，是宥薇先湊過來，興奮道：「姊！還有……漂亮姊姊？」

我牽起康玟玟的手，與她相視一眼，對著他們鄭重道：「這我女朋友，玟玟，想介紹給你們認識。」

宥薇訝異不已，不知道是訝異我交女朋友，還是驚訝我可以遇到這麼好看的對象就是了。我看向侑喬，他面色不改，似乎一點也不驚訝。

侑喬對上我的視線，淡淡道：「我很早就知道了。」

我怔忡，還想再問細節，但康玟玟提醒我預約的餐廳會遲到，於是我們四個人移步到居酒屋。

不知道爲什麼，宥薇似乎很喜歡康玟玟，兩個人聊得非常投緣，幾乎沒有我可以插話的餘地，我跟侑喬相對沉默著。

我突然想到蛋糕忘在車上，於是跟康玟玟要了車鑰匙，正往外走時，餘光瞥見侑喬也跟著站起身。

「我也一起去吧。」他說。

我跟侑喬一前一後走出居酒屋，我走到車旁，將保冷箱中的蛋糕取出，順勢交給了侑喬。

雖然有些彆扭，但我還是將蛋糕雙手捧上，認真道：「生日快樂，這是草莓蛋糕。」

侑喬並未馬上接過，默了下才出聲：「家裡也只有妳記得我喜歡吃草莓了……」

侑喬那雙大手，接過我手上的蛋糕，我微仰起頭看著他，他的面色柔和。

「在妳跟溫歆交往前，我就感覺到妳喜歡溫歆。我知道爸媽似乎都很不諒解妳，可我一點也不在意妳喜歡男生還是女生。我氣的是，妳把我當外人。」

原來是這樣嗎……我一直以爲，侑喬氣我，是因爲我不是一個優秀的姊姊，我一直認爲，我喜歡女生這件事，讓他感到丟臉。

原來一直都不是這樣。

我輕吁口氣，拉著他進居酒屋吃飯，爲他慶生，也趁這個機會，告訴了侑喬與宥薇，當初我離家的原因。

侑喬聽完氣得就要飆車回家質問爸媽，我盡力攔下，並且說道：「我告訴你們，並不是爲了要讓你們討厭爸媽，我只是現在才明白不該什麼都自己扛下。至於爸媽那邊，就先瞞著吧。」

不是每一件事都得美好又圓滿，才稱得上是幸福快樂。人生在世，不可能事事圓滿，正因爲如此，才更能知足與珍惜。

用完餐後，我跟康玟玟到附近公園散步，手牽著手，很簡單、很日常，但我很喜歡。

「妳笑什麼呢？」

康玫玟這麼問我，我凝視她清麗的面容，那雙眼中，有我的身影。

我停下，掏出皮夾，從中拿出一張紙，遞給她。

「這不是大餐抵用券嗎？」

「妳翻到背面看看。」

康玫玟翻到背面，看了一會後，便將紙條折起收好，再抬起頭時，笑容燦爛。

「可以。」

此券可改兌換下半輩子裡，與妳的每一日家常飯菜嗎？

✦

高中畢業之後，我便鮮少到學區附近走動，若不是因爲同學會，我大概也沒有機會過來一趟。

同學會主辦人包下在學校附近的韓式燒肉店。當我與溫歆一同走進館內時，我不禁想到這是學生時期時，爲數不多的奢侈享受。

現在我們都是社會人士，有一定的經濟條件，對我們來說，這裡也不再歸類爲「奢侈」了。

見到許久不見的高中同學們，我感到有些欣慰與懷念，或許這才是真正的奢侈享受。

整間店都是燒肉在烤盤上滋滋作響的聲音，老同學們的歡聲笑語穿插其中。視線環顧店內一圈，見到有張面孔有些陌生，我便問了溫歆。

「妳不記得她了嗎？那時候班上不是有一個實習老師？她現在是正式老師了。」

我頓時恍然大悟，在記憶深處中，確實有這麼一位老師。

同學會上，不免有人小心翼翼探問我跟溫歆的近況，我跟溫歆對看一眼，同時答道：「還是朋友。」

各自有伴、各自安好，這是我高中時不曾想像過的未來，但這個未來，我挺喜歡的。

用餐期間，溫歆問我：「康總監的歡送會，妳會一起去嗎？」

我搖頭，夾了塊肉包進生菜裡，「不會，那是妳們公司的聚會，我不會到場，不過下午我還是會進妳們辦公室一趟。」

明天下午，所有產品的最終打樣會送到辦公室，我得親自去確認每一個細節。雖然已經無可挑剔，但這是康玟玟手上最後一件案子，我想親力親為到最後。

「這樣啊……我也跟康總監共事好久了，眞捨不得。」溫歆倒了杯瑪格麗特，朝我舉杯，「要好好珍惜她，她眞的是很棒的人。」

我微笑，舉杯回敬，「我會的。」

直至九點，餐廳即將打烊，我們才甘願離開小館，大家約好未來有機會再見，一一道別。

我準備打給康玟玟時，忽然有人從後頭叫住我。

「又晨。」

我回頭一看，有些訝然，「老師？」

叫住我的是那位實習老師，現在已經是正式老師了。

我收起手機，疑惑地看著她，「老師找我嗎？」

「是，我找妳。」

我對老師其實還停留在她當實習老師時的模樣，身材高䠷、面容清秀，看上去相當青澀，但給我很勤奮、很努力的印象。

我記得我學生時期跟這位老師並無太多互動，再加上後來我與其他老師們的關係並不好，導致我不太喜歡高中遇到的老師。

不過，我並不討厭這位實習老師。

「其實……我不太確定該不該告訴妳這件事，但今天有機會再見到妳，這件事情又一直擱在我的心裡，所以我還是打算這麼做。」

我靜靜地聽著，老師繼續說：「當時，我不覺得班導師是對的。」

我微愣。

「但很抱歉，我當時只是一名大學生，小小的實習老師還沒有話語權，所以，我沒有開口……雖然遲了，但我還是想讓妳知道我的想法。」

我低下眼，彎彎脣角，「謝謝妳告訴我，妳會是一位很好的老師。」

康玫玟的車停在一旁，我向老師道別後，便坐進副駕駛座。

康玫玟問我那是誰，我說，那是我的高中實習老師。

車子往前駛去，我望向車窗外，看著老師逐漸變小的身影，不禁說道：「也是有不讓人討厭的高中老師呢。」

✦

產品包裝改版完成，正式上市之後，引起了不小的討論。公司挾著這股氣勢，正式於百貨公司設櫃。

櫃點便是我之前去逛過的百貨公司，總負責人也由康玫玟改爲溫歆接手。

設櫃第一天，我跟康玫玟一同到場，同行的還有趙女士。

「恭喜了。」趙女士買了一束花，遞給康玫玟，「順利達成里程碑了。」

自那日之後，趙女士便沒有再聯繫我，我知道她需要時間，所以也沒有打擾她，今日再見她，丰采動人、神采奕奕，我便放心不少。

趙女士轉頭看向我，紅脣微彎，「又晨。」

「是。」我其實有些緊張，但她接下來說的話，讓我心中的忐忑煙消雲散。

「過了這學期，亦悅就升高三了，她被學校選爲畢製小組的總視覺負責人，接下來的日子，我又要壓榨妳了。」

我一愣，失笑幾聲，「我很樂意。」

「還有一個東西……」趙女士打開包包，拿出了一個有點厚度的牛皮紙袋，遞給我，「這是亦悅要我轉交給妳的。」

我打開一看，是那本校刊。

我收下，說了聲謝謝，又問：「妳看過內容了嗎？」

趙女士點點頭，「看過了。」

四目相望中，趙女士先敗陣下來似的，雙手抱臂，別開了眼，彆扭道：「我有看到那篇散文……好啦！我承認，我女兒是挺有眼光的，一喜歡就喜歡全校第一耶！唉唷，妳也知道我對有才華、有才氣的人，就是討厭不了啊！」

我輕笑幾聲，附和道：「我也這麼覺得。」

趙女士看了眼手錶，說是要趕去載亦悅跟雨安去火車站，一邊抱怨她們怎麼不趕快長大，還要搭火車去遊樂園玩。

我莞爾，要她趕緊去忙。

趙女士走後，我留下來幫忙打點開幕活動，看著人潮一波接著一波，我爲康玫玫感到開心不已。

人朝散去之後，我走到櫃上，隨手拿起一件產品，沉醉於這手感時，康玫玫悠悠傳來一句話。

「怎麼？白大設計師終於不嫌棄我們家的產品嗎？」

聞言，我放下改版後的產品，擺起臉，義正詞嚴地說：「我哪有嫌過！」至少我沒在康玫玫面前嫌過……

康玫玫眉梢微抬，拿起一樣產品，學著我說話的口吻：「這個產品包裝也太醜了，而且沒有整體性，是不是根本沒想過TA是哪些人啊？喔，我的天啊，這個黃色居然搭這個螢光綠？以爲自己是紅綠燈嗎！」

等一下……我怎麼覺得在哪聽過這些話……

康玫玫笑吟吟地挨近我，「白大設計師，在妳認識我前，我見過妳兩次了。」

我愣愣地看著她，努力在腦海中挖掘相關記憶，卻什麼也想不到。

康玫玫繼續說道：「一次，妳還在念大學，我偶然見到妳，便隨手贊助了些，妳給了我一個御守；一次，是兩年前公司快倒閉，我正苦惱怎麼辦時，偶然聽到妳跟晏恩對舊產品的包裝批評，我忽然茅塞頓開。」

「第三次，就是那場婚宴上了。」

我以爲的初相識，對康玟玟來說是三次的偶然，也是命運的必然。

我本來不相信命運、不相信因果，但遇上她……好像可以多相信一點了。

相信未來可期、相信遠方有光。

相信縱然落得滿身塵埃，也有機會在燃燼處開出一朵風雨之花。

終章

康總監與又晨搬到新家之際，正值盛夏。

又是一年夏天了。

前一個夏天，我在婚宴上遇見又晨，縱然七、八年不見，我還是在第一時間認出了她。

這些年來，我有了自己的生活，皆與又晨無關，但我還是偶爾會想起她。從想質問她，甚至哀求她給我一個答案。

我很矛盾，曾希望這輩子不要再見到她，卻又想再見她一面，真的再相遇時，我卻感到無所適從。

我只能用憤怒去掩蓋我的慌張，直到這一刻，我才發現，我一點也不恨她。

我反而感激上天，讓我有機會面對過去，面對我心裡深處那始終耿耿於懷的一塊。

跟又晨分手後，我還是繼續寫作，可我越寫越迷茫、越寫越不知道自己爲何而寫，我陷入了嚴重的恐慌與焦慮。

對一個作者來說，最可怕的不是寫不好，而是寫不出東西。

上大學後，沒有又晨在旁邊跟我討論劇情，沒有她純粹的喜歡、沒有她堅定的支持，我漸漸忘了最初是爲何而寫。不知不覺中，我的心態、我的文字開始變質。

被又晨喜歡的日子，我曾覺得自己的文字是特別的，也許我是有寫作才能的。但日復一日、年復一年地過去，我喜歡的東西始終得不到肯定、被看見的人始終不是我，我開始慌了。

我開始想，市場喜歡什麼、我要寫什麼才會被喜歡，市場需要什麼，我就去寫什麼——可我卻發現，我沒有那個才能寫出優秀的商業作品，可我也無法捨棄自己眞正喜歡的題材。

兩邊都走不了的我，最後什麼都寫不出來了。

直到遇上又晨，那些塵封近十年的話語，就這麼撬開了心底一角。

我才明白，身爲作者的我，只是想要有一個人告訴我，我的文字是被需要的。

只要有這句話，我就可以繼續寫下去。

所以，有件事情，我想第一個告訴又晨。

拜訪又晨與康總監的新家時，開門第一個迎接我的，是一隻拉不拉多犬。

我被狗狗撲得正著，我一邊擋著狗狗熱情的舔舐，一邊問：「牠叫什麼名字？」

「小福。」又晨說。

狗狗。

「靠腰，這名字根本詐騙！這隻哪裡小了！」我抗議，忍不住又揉了一把小福大狗狗。

又晨失笑，終於願意拉走小福，伸手將我從地上扶起，「妳去洗手，我下去拿滷味。」

滿桌滷味，足夠三個人分食了，她倆的共同室友外宿不在家，家裡便只有我們三個人。

我們一邊喝酒一邊配滷味，最後康總監先醉倒，嚷嚷要回房睡覺。

「哎，就跟妳說慢慢喝。」又晨扶著她起身，向我道歉，「我先扶她進去，妳等我一下。」

我無所謂地擺擺手，坐在沙發上跟小福玩。

等又晨回來客廳時，一坐下便說：「抱歉，玟玟最近壓力有點大。」

我不甚在意地笑了笑，覺得好好睡一覺也是好事，畢竟康總監最近的狀態是太過緊繃了。

「那妳要跟我說什麼？」

我微愣，壓根沒跟又晨提過我有事情要跟她說，她是怎麼猜到的？

「我看得出來妳有心事，跟煦琳有關嗎？」

我搖頭，拿出手機，輕吁口氣，傳了一個檔案給又晨。

「妳看一下手機。」

聞言，又晨拿出手機，打開一看，隨即問道：「這什麼？」

「我……剛寫完一本書。」

「真的？」又晨驚喜地看著我，「那就好，我以爲妳打退堂鼓了。」

也不是不曾冒出這個想法。

過去我將作品放到網路上連載，在意的卻是別人的成績，而不是我自己的讀者。

這次，我懂得直面她們，每一則留言我都認真看過，並且在能力範圍內一一回覆。

我仍無法創造出斐然的成績，但我現在很期待每日下班後的寫稿時間。

漸漸的，跟我互動的讀者越來越多，有些面孔越發常見，隨著我每一次的更新，她們也慢慢願意在閱讀後留下隻字片語。

我仍然會羨慕別人、羨慕其他作者，但我心中有更重要的事了——寫出那些，只有我能寫出的故事。

如果我沒有寫出來，就沒有人能知道我心中的那些故事，那是很可惜的事情。

寫作這事，如果一定要有目的，大抵就是如果能被誰記住的話，那就好了。

「那妳書名想好了嗎？」又晨問。

我想了很久、很久，最後，還是決定以此做爲書名——

「寫給妳的那一個故事。」我說。

寫給妳、寫給我，寫給所有未盡的遺憾、未癒的傷口。

願妳喜歡一個人，有日不再需要擁有勇氣。

全文完

後記
因爲喜歡女生，才成爲「希澄」

寫完了，太好了。

這是在我寫完《寫給妳的那一個故事》的當下，第一個冒出的想法。

關於《寫給妳的那一個故事》，我覺得我想說的，似乎都寫在故事中了，我想了想，那就跟大家聊聊我爲什麼會寫這個故事吧！

今年是我寫作的第十年，十年之作，我想寫一本很「任性」的書。這份任性中，有我，還有這十年間遇上的妳們。有些人留下，有些人離開，無論如何，我一直都惦記在心裡，且在十年之際，書寫成書。

這十年發生很多、很多事情，我從妳們身上聽說很多故事，有快樂的、悲傷的、無力的、惆悵的……說起來，其實我與妳們並未眞正相識，但因爲文字，所以我們有機會相逢於書中，我一直覺得是很好的事。

在寫這個故事的這段時間，我想起很多事。完成《寫給妳的那一個故事》對我而言並非易事，在書寫的過程中，好幾個劇情段落是在視線模糊的情況下寫完的。從開始寫下第一個字，我就像是在跟自己對話，也像是在與妳說話。

無論是我，或是讀到這邊的妳，或許都是一部分的溫歆、一部分的白又晨，也會是一部分的康玫玫，無論是哪部分的自己，都是很好的自己，沒有對錯。

我在小學畢業升國中之際，爸媽偶然發現我喜歡女生，而我擔心的所有事情，當時都沒有發生。至今，我仍記得他們跟我說的第一句話是「沒關係的」。

「喜歡女生，那很好，我就多了一個女兒；喜歡男生，那也很好，我就有個女婿。」我的母親是這樣跟我說的。

我當時年紀尚幼，並不明白這句話有多珍貴，在後來的日子中，我認識許多人後，才深刻地明白——那句話在當時撐住了我的世界。

我的世界沒有坍塌，可迎來了風雨。身爲女生而喜歡另外一個女生，是一件……非常難的事情，很多時候，這樣的喜歡，無論是喜歡的人，還是被喜歡的那個人，都是難受的。沒有哪段感情，是眞正容易的，可是不全然盡是艱難，也有開心的、溫暖的時候。

我也因爲喜歡女生，才成爲「希澄」，也才能認識妳們、認識城邦，結識文友以及很好的女友，這些都是因愛而起，也因愛延續，並不全然只有痛苦與悲傷的回憶，希望妳們在閱讀我的作品時，也能留下相似的感覺。

在決定要寫《寫給妳的那一個故事》時，我抱持的想法是，「如果我有機會回到十年前，給當時的自己一本書」的話，我會寫什麼樣的故事呢——因此，有了這本書。

我曾經過得很不好，那時候，我開始寫小說，終日與文字爲伍，才漸漸找到自己，明白自己爲何而愛，可讓我知道自己該爲何而寫的，是妳們，是讀者們。

幾年過去，我也有了幾本著作，寫作對我而言，也不再感到茫然與痛苦，對現在的我來說，是一件很快樂的事。（除了壓死線趕稿以外XD）

在我還不會寫小說的時候，曾在閱讀期間被文字拯救過。幾年之後，當我有能力寫小說時，希望我的文字也能讓妳覺得，自己是被理解的，一點點，只要有一點點這樣的感覺，我的文字便是有意義的。

若《寫給妳的那一個故事》能讓妳感到一絲絲的暖意，那就足夠了。

最後，謝謝跟我一起趕稿壓死線的編輯馥蔓，以及所有爲這本書付出辛勞的編輯、通路及相關人員，你們都辛苦了。

謝謝我的父母，始終支持我進行創作，我才能心無旁騖地寫出一本又一本的小說；謝謝那些予我的溫暖陪伴，我才能有機會以同樣的方式對待他人。

謝謝陪我寫稿的憑虛大大，在好幾個寫到心累的夜晚，陪我一起哀號稿子寫不完。（嗯？）

謝謝所有閱讀至此的妳，這是寫給妳，也是寫給我的一本書。

無論這世界有多糟糕，都希望妳能記得，妳不是一個人。

謝謝你/妳們，陪我走到這裡，聽我說了好多、好多個故事。

希澄

國家圖書館出版品預行編目資料

寫給妳的那一個故事 / 希澄著 . -- 初版 . -- 臺北市：城邦原創 POPO 出版：英屬蓋曼群島商家庭傳媒股份有限公司城邦分公司發行，民 111.05
面； 公分 . -- (PO 小說 ； 66)
ISBN 978-626-95913-0-5 (平裝)
863.57 111006191

PO 小說 66

寫給妳的那一個故事

作　　者／希澄
企畫選書／楊馥蔓
責任編輯／楊馥蔓、簡尤莉、吳思佳
行銷業務／林政杰
版　　權／李婷雯

網站運營部總監／楊馥蔓
副總經理／陳靜芬
總 經 理／黃淑貞
發 行 人／何飛鵬
法律顧問／元禾法律事務所　王子文律師
出　　版／城邦原創 POPO 出版　城邦原創股份有限公司
臺北市中山區民生東路二段 141 號 6 樓
電話：(02) 2509-5506　傳真：(02) 2500-1933
POPO 原創市集網址：www.popo.tw　POPO 出版網址：publish.popo.tw
電子郵件信箱：pod_service@popo.tw
發　　行／英屬蓋曼群島商家庭傳媒股份有限公司城邦分公司
聯絡地址：臺北市中山區民生東路二段 141 號 11 樓
書虫客服服務專線：(02) 25007718．(02) 25007719
24 小時傳真服務：(02) 25001990．(02) 25001991
服務時間：週一至週五 09:30-12:00．13:30-17:00
郵撥帳號：19863813　戶名：書虫股份有限公司
讀者服務信箱 email：service@readingclub.com.tw
城邦讀書花園網址：www.cite.com.tw
香港發行所／城邦（香港）出版集團有限公司
地址：香港灣仔駱克道 193 號東超商業中心 1 樓
email：hkcite@biznetvigator.com
電話：(852) 25086231　傳真：(852) 25789337
馬新發行所／城邦（馬新）出版集團 Cité(M)Sdn. Bhd.
41, Jalan Radin Anum, Bandar Baru Sri Petaling,
57000 Kuala Lumpur, Malaysia.
電話：(603) 90578822　傳真：(603) 90576622
email：cite@cite.com.my

封面設計／ Gincy
電腦排版／游淑萍
印　　刷／漾格科技股份有限公司
經 銷 商／聯合發行股份有限公司
電話：(02) 2917-8022　傳真：(02) 2911-0053

□ 2022 年 (民 111) 5 月初版
□ 2022 年 (民 111) 6 月初版 3 刷
Printed in Taiwan.

POPO 城邦原創 www.popo.tw　POPO 出版

定價／ 320 元
 ISBN 978-626-95913-0-5